Wolfsmädchen

glauben, du hast den Absturz überlebt!«, rief Mondragg. »Aber was ist mit deinem Freund, der hatte wohl nicht soviel Glück?« Die Trägerin des Amuletts brüstete sich und machte furchtlos einen großen Schritt auf Mondragg zu. »Warum bist du so bösartig, schwarzer Wolf?«, fragte sie. »Was hat dir Fredàr getan, dass du ihm den Tod wünschst?«. »Ich glaube du bist noch zu jung dafür um das zu verstehen«, antwortete Mondragg. »Im Übrigen habe ich nicht die nötige Geduld, um dir alles zu erzählen. Aber wenn dies dein letzter Wunsch ist, lass dir kurz folgendes berichten: Schon vor seiner Zeit hatte sich Wolf Fredàr dem Guten verschrieben und mir schon damals große Probleme bereitet. Er mischte sich überall ein, machte mir alle Pläne zunichte. Selbst mein Biss hatte ihn letztlich nicht zur anderen Seite bekehrt. Im Gegenteil, er hatte mich sogar meines Auges und damit einem Stück meiner Macht beraubt. Das machte mich unglaublich sauer!«

Sein Blick fiel nun auf ihr Amulett, welches durch das nasse Fell sichtbar geworden war. Diebisch starrte er auf den eingearbeiteten Stein, welcher nun scheinbar wie sein Auge zu funkeln begann. Mondragg schien über die Kräfte des Steins Bescheid zu wissen. »Gib mir das Amulett!«, befahl er der Wölfin. »Du hast keine Chance. Fredàr kann dir jetzt auch nicht mehr helfen.«

Die Trägerin des Amuletts hatte von Fredàr gelernt nicht überstürzt zu handeln und ihr war auch klar, dass sie körperlich der schwarzen Bestie unterlegen war. Sie musste den Stein unbedingt in Sicherheit bringen. Würde der Stein in Mondraggs Besitz gelangen, könnte dies vielleicht fatale Auswirkungen haben.

Die Wölfin war klein und flink. Sie wollte versuchen den Wolf an seine körperlichen Grenzen zu bringen, um ihm schließlich so zu entkommen. Glücklicherweise war Mondraggs Blickfeld durch den Verlust seines Auges eingeschränkt. So war es ihr möglich, sich vor Mondragg etwas im Verborgenen zu bewegen.

Die junge Wölfin tat es ihm gleich und setzte einen zornigen Gesichtsausdruck auf. Mutig fing sie an ihn zu provozieren. »Ich habe keine Angst vor dir Mondragg«, sagte sie zähnefletschend. »Komm doch und hol dir das Amulett wenn du kannst!« Das ließ sich Mondragg nicht zweimal sagen und scheuchte der jungen Wölfin zwischen den Bücherregalen hinterher. Mondragg hatte in der Tat Mühe ihr zu folgen. Nachdem er ihr eine ganze Weile nachgejagt war, stoppte Mondragg erschöpft. Ihr Plan war aufgegangen. Die junge Wölfin wollte sich nun aus dem Staub machen.

Doch Mondragg hob jetzt seinen gewaltigen Schädel und schickte ein langgezogenes Heulen durch den Turm. Es war unüberhörbar. Mit einem Male hatte er all seine schwarzen Gehilfen geweckt.

Der Trägerin des Amuletts war klar, dass sie nun so schnell wie möglich aus Siggar fliehen musste. Während Mondragg noch nach seinen Untertanen rief, rannte sie los. Während sie die Treppe wieder hinunter stürzte, hörte sie schon die schwarzen Wölfe in den verschiedenen Stockwerken des Turmes herantraben. Sie schaffte es aus dem Turm zu fliehen und gelangte wieder auf den Marktplatz.

Doch es war zu spät. Von allen Seiten kamen nun schwarze Wölfe auf sie zu. Sie war eingekreist und wurde hin zum Brunnen gedrängt. Sie saß in der Falle. Das Amulett fing wieder an aufzuleuchten und vom Brunnen angezogen zu werden. Die junge Wölfin rettete sich auf den Brunnenrand und blickte hinter sich in die Tiefe hinab. Im Brunnen befand sich merkwürdig geschwärztes Wasser, über welchem dunkler Nebel stand. Der leuchtende Stein schien sehr stark von einer Art schwarzen Magie angezogen zu werden. Durch die große Anziehungskraft spannte sich die Halskette so sehr, dass die Wölfin aufpassen musste nicht in die Tiefe gezogen zu werden.

Jetzt kam auch Mondragg auf den Marktplatz. Er lachte hämisch. »Willst du mir das Amulett jetzt geben oder muss ich erst meine Freunde auf dich hetzen?«, fragte er die tapfere Wölfin grimmig. »Niemals!«, antwortete sie standhaft. Mondragg und seine Gehilfen waren tief von Hass erfüllt und bereit sie jederzeit zu töten.

Mondraggs Wölfe

Für die Wölfin schien die Lage aussichtslos und doch geschah etwas Unerwartetes. Ihre Halskette gab der Anziehungskraft nach und löste sich. Das Amulett mit dem funkelnden Stein fiel in den tiefen Brunnen hinab. »Nein!«, schrie Mondragg entsetzt. Aber sobald der Stein das geschwärzte Brunnenwasser berührt hatte, braute sich in der Tiefe etwas Großes zusammen. Im selben Augenblick zuckte Mondragg zusammen und schrie unter Schmerzen. Er rieb sich mit seinen Pfoten über die Narbe seines verlorenen Auges.

Ein tiefes Donnergrollen war zu hören, das jeden Stein von Siggar für einen Moment zum Wackeln brachte. Das schwarze Brunnenwasser fing plötzlich an sich zu verändern. Es begann sich brodelnd zu neutralisieren, und wieder klarer zu werden. Kurz darauf raste eine gewaltige Lichtfontäne durch den Brunnen gen Himmel empor, die noch in sehr weiter Entfernung zu sehen gewesen sein musste.

Dieses Ereignis blieb nicht ohne Folgen. Mit einem Male begannen alle schwarzen Wölfe bewusstlos zu Boden zu sinken. Ihre grimmigen Mienen waren verschwunden und aus ihrem Fell entwich merkwürdiger schwarzer Rauch.

Über dem Marktplatz lag nun dicker schwarzer Nebel, der sich nach und nach aufzulösen begann. Jetzt wurde sichtbar, was aus den schwarzen Wölfen geworden war. Überall auf dem Marktplatz lagen verteilt Kinder. Es waren die verschwundenen Kinder von Lieto!

Mondragg war nun der einzige schwarze Wolf auf dem Platz. Er war noch nie so wütend wie in diesem Augenblick. »Du hast mich meiner Macht beraubt«, sagte Mondragg zornig. »Mein Stein, mein Auge, mein Wolfselixier!« Mondragg schüttelte wild seinen Schädel. Er konnte es nicht fassen. Unablässig starrte er in die Augen der jungen Wölfin, die sich immer noch am Brunnen befand. Zähnefletschend ging er langsam ein paar Schritte auf sie zu, stoppte und setzte zum Sprung an. Während er in hohem Bogen auf die junge Wölfin zuflog, tauchten wie aus dem Nichts Fredàr und die weiße Wölfin auf, die sofort reagierten. Rikka rannte blitzschnell auf die junge Wölfin zu und schupste sie zur Seite, während Fredàr Mondraggs Sprung im Flug durch einen Kopfstoß unterbrach. Bevor Mondragg diesen Vorgang realisieren konnte, stemmte ihn Fredàr mit seinem dicken Schädel in die Luft und drückte ihn über den Brunnenrand. Schreiend fiel Mondragg in die Tiefe.

Noch einmal zeigte sich Sonderbares. Eine schwarze Nebelsäule stieg aus dem Brunnen zum Himmel hinauf und verwandelte sich im nächsten Augenblick blitzschnell in einen grellen Lichtstrahl. Dieser löste sich kurz darauf wieder in Luft auf. Das Brunnenwasser war nun wieder völlig rein und klar. Auch die schwarzen Wasserflecke auf den Steinen waren jetzt verschwunden.

Mondraggs Plan war nicht aufgegangen. Der Einäugige hatte im Laufe der Zeit alle Kinder nacheinander gezwungen von dem Wasser zu kosten, um dann in eine schwarze Bestie verwandelt zu werden. Er machte sie sich so untertan, mit dem Ziel, überall die Freude zum Ersticken zu bringen, und mittels seiner Gehilfen seine dunkle Macht Stück für Stück auszubauen.

Doch der magische Stein und das unheilvolle Brunnenwasser hatten sich nun gegenseitig ihrer Kraft beraubt und das Ende der Knechtschaft eingeleitet. Die Kinder waren wieder frei.

Fredàr und die weiße Wölfin hatten es noch rechtzeitig geschafft. Anhand der ersten großen Lichtfontäne, die aus dem Brunnen getreten war, hatten sie sich besser orientieren und so schneller zum Schloss gelangen können. Und da sich alle Wölfe im Schloss aufgehalten hatten, waren die beiden auch ungehindert in Siggar eingetroffen. Sie konnten den Einäugigen stoppen. Mit dem Fall Mondraggs verschwand auch der letzte Wesenszug dieses bösen Zaubers.

Fredàr war in diesem Augenblick so, als würde eine schwere Last von ihm fallen. Er fing nun an sich wage an gewisse Dinge zu erinnern, zum Beispiel an den Biss, den ihm Mondragg einst zugefügt und in ihm etwas ausgelöst hatte. Doch die Lücken seiner Erinnerungen waren noch zu groß, um mehr über seine Vergangenheit zu erfahren.

Die junge Wölfin musste jetzt wieder an ihr Amulett denken, das sie stets auf ihrer Brust getragen hatte. Durch dessen Stein hatte sie auf ihrer Reise viel erlebt. Sie schloss die Augen und streckte ihre Schnauze zum Himmel. In ihrem Kopf liefen noch einmal die faszinierenden Situationen ab, die sie als Wolf erlebt hatte. Sie erinnerte sich an all ihre neuen erworbenen Eigenschaften, ihre geschärften Sinne. Sie war so schnell wie der Wind gelaufen, hatte einen Adlerblick und einen überaus guten Geruchssinn. Ohne Probleme konnte sie mit ihren Augen durch die Dunkelheit gelangen und mit ihren Ohren die leisesten Geräusche wahrnehmen.

Doch dann sah sie wieder das Menschenkind in ihr, sah wie sie als Mädchen mit anderen Kindern spielte, die Natur aufsuchte die sie liebte und schließlich ihr Zuhause. Die Gedanken begannen sich vor ihrem Auge zu drehen. Und während sie noch mit geschlossenen Augen in diesen Gedankenstrudel hineinblickte, begann sie sich wieder zu verwandeln. Das struppige graue Fell fuhr Haar für Haar in die Haut zurück, Glieder streckten sich aus und ein langer geflochtener Zopf wuchs aus ihrem Kopf. Der klaffende Wolfsrachen trat zurück und glättete sich zu einem Gesicht, dem schönen Gesicht eines jungen Mädchens.

Erschöpft lag sie für einen kurzen Moment bewusstlos auf dem Steinboden. Als sie wieder erwachte, blickte sie sich nach allen Seiten um. Sie war froh über das was sie sah und fing an zu lachen. Es war einer ihrer schönsten Augenblicke.

Etwa zur gleichen Zeit erwachten auch die Kinder von Lieto, die sehr schnell vom Lachen angesteckt wurden. Sie konnten auch nicht anders, es war ihre Natur fröhlich zu sein.

Nun aufrecht stehend blickte das furchtlose Mädchen die weiße Wölfin Rikka an, lief zu ihr und umarmte sie liebevoll. Dann wendete sie sich zu ihrem treuen Begleiter Fredàr und lächelte ihm ins Gesicht. Dieses sanfte Lächeln, eingerahmt von zwei Grübchen, hatte Fredàr von Anfang an berührt. Sie rannte zu ihm und umarmte ihn fest.

Ihr Reisebeutel, den sie die meiste Zeit mit sich geführt hatte, wurde ihr wieder von Rikka überreicht. Sie holte ihre Kleidung hervor und zog sich an. Auch die anderen Kinder hatten ihre Kleidung am Brunnen wieder entdeckt und angezogen.

Die Heimreise

Das furchtlose Mädchen hatte es geschafft. Sie hatte die Kinder gefunden und es war nur eine Frage der Zeit, bis sich die Freude wie ein Lauffeuer überall hin ausbreiten würde.

Die weiße Wölfin, der grau-weiße Wolf und die Kinderschar machten sich auf den Rückweg nach Lieto. Das furchtlose Mädchen dachte an die Irrwege im *Wald der dunklen Gestalten*, die ihnen sehr viele Schwierigkeiten bereiten würden. Aber sie musste auch an die Samen der schnellwachsenden Würfeltomate denken, die sie als Wegweiser ausgestreut hatte. Auf diese Weise wollte sie alle aus dem Wald führen. Doch so sehr sie nach den Samen suchte, sie fand vor lauter Pflanzen keinen einzigen mehr. Als sie aber an den grünen meterlangen Pflanzenstielen hinaufschaute, erkannte sie die würfelgeformten Früchte der Pflanze. Es war die Würfeltomate. Vor wenigen Tagen hatte es geregnet und die Pflanzen begannen sich schnell zu entwickeln. Selbst in dieser dämmrigen Gegend fand diese robuste Pflanze noch genügend Licht zum wachsen. Während sie alle den Tomaten aus dem dunklen Wald folgten, aßen sie sich gleichzeitig an ihnen satt.

Sie waren noch einige Tage unterwegs. Es wurde stets gelacht und gesungen. Und irgendwann war es soweit, Lieto lag vor ihnen.

Die Nachricht über die geretteten Kinder hatte sich schneller verbreitet als vermutet. Die Eltern erwarteten schon seit geraumer Zeit freudestrahlend ihre Kinder. Die wiedervereinten Familien lagen sich an diesem Tage noch lange in den Armen.

Es war eine lange und gefährliche Reise gewesen. Der Mut und die Strapazen hatten sich ausgezahlt. Die Freude war zurückgekehrt und das Dorf der fröhlichen Kinder lebte wieder.

Das große Wiedersehen

Aber was wurde aus dem furchtlosen Mädchen und ihren engsten Vertrauten?

Auch das furchtlose Mädchen wollte wieder nach Hause. Auf dem Weg nach Sandor wurde sie natürlich von ihrem treuen grau-weißen Wolf, als auch von der weißen Wölfin begleitet. Da sie ihre Wolfssinne nicht mehr hatte, konnte sie nur mit deren Hilfe schneller vorankommen.

Fredàr hatte das Mädchen seither sehr lieb gewonnen, egal ob sie nun ein Wolf oder ein Mensch war. Er kümmerte sich väterlich um sie. Es war fast so, als würde er sie schon sein ganzes Leben lang kennen. Und je länger er ihr Gesicht betrachtete, desto mehr wurde er in seiner Vermutung bestärkt, dieses Gesicht schon einmal vor langer Zeit gesehen zu haben. Doch seine Erinnerungen waren immer noch wie ausgelöscht.

Unterwegs erzählten und lachten sie miteinander. Gelegentlich durfte das Mädchen auch auf Fredàrs Rücken sitzen, was ihr besonders gut gefiel.

Sie durchquerten den grünen Smaragdwald und gelangten wieder auf die *Straße der großen Töne*. Seit der Rückkehr der Kinder von Lieto, erklang auf dieser Straße wieder das gewaltige Zikadenkonzert in den Pinien.

Eines Nachts sahen die Reisenden in der Ferne zwei Kugelblitze aufleuchten und Fredàr erinnerte sich an die Eulen des Schlangenkopffelsens. Jetzt wusste er, dass sie bald die Heimat des furchtlosen Mädchens erreichen würden. Schon bald hörten sie wieder die tosenden Wassermassen der wilden Corrente und erreichten schließlich auch Sandor.

Das Mädchen fiel ihrer Mutter in die Arme. Sie hatte ihre Tochter schon von weitem kommen sehen.

Zur gleichen Zeit kam ein schwarzer Vogel angeflogen. Es war Botschafter Piuma, der Fredàr freundlich begrüsste. Nun hatten sie sich doch noch unter glücklichen Umständen wiedergetroffen.

Die Mutter des furchtlosen Mädchens kam auf Fredàr zu und bedankte sich bei ihm dafür, dass er ihre Tochter beschützt und heil wieder zurückgebracht hatte. Fredàr sah ihr Gesicht, ihre Augen. Er kannte sie, doch wieder konnte er sich nicht erinnern. In den folgenden Sekunden sollte sich jedoch auch dieses letzte große Rätsel lösen.

Als sich die Mutter zu ihm herunterbeugte und ihn wie selbstverständlich umarmte, geschah etwas Merkwürdiges. Wie ein Blitz durchfuhr Fredàr seine gesamte Erinnerung. Im selben Moment begann er sich äußerlich zu verändern. Das struppige grau-weiße Fell verschwand Haar für Haar unter der Haut, Glieder streckten sich aus, der Wolfsrachen trat zurück und glättete sich zu dem Gesicht eines Mannes.

Das war also das Geheimnis seiner Vergangenheit gewesen. Er war ein Mensch. Aufrecht blickte er der Frau in die Augen, die ihn eben noch umarmt hatte. So stand er eine Zeitlang bewegungslos. Aus seinem erhobenen Kopf war jeder Ausdruck wölfischer Wildheit verschwunden.

Er erkannte nun die Frau die vor ihm stand. Es war seine Frau. Beide waren von dieser Überraschung wie erstarrt. Es dauerte nicht lange und sie lagen sich in den Armen, so wie sie es früher getan hatten.

Jetzt verstand auch die Tochter. Sie war überglücklich, dass der Wolf, den sie auf ihrer Reise so lieb gewonnen hatte, ihr Vater war. Sie rannte schnell ins Haus und brachte ihrem Vater Kleidung, die er seiner Zeit getragen hatte. Jetzt bemerkte auch er, dass er splitternackt war. Schnell zog er sich an.

Ihr Vater hatte endlich sein Gedächtnis wieder zurück. Er bemerkte, dass die Narbe, die ihm Mondragg am Bein vor vielen Jahren durch einen Biss zugefügt hatte, immer noch da war. Sein Biss ließ ihn zum Wolf ohne Erinnerung werden. Er lebte als Wolf, als wenn er schon immer einer gewesen wäre. Mondragg konnte ihn zwar verwandeln, doch seine magische Kraft hatte nicht ausgereicht um aus ihm eine schwarze blutrünstige Bestie zu machen. Stattdessen bekam er ein grau-weißes Wolfsfell und behielt seine guten Wesenseigenschaften.

So war nun auch seine Zeit als Wolf vorbei. Und Rikka? Die weiße Wölfin nahm Fredàr's Platz ein. Sie war es jetzt, die die Botschaften

Wolfsmädchen
Stephan Schmitt

Autor: Stephan Schmitt
Illustrationen: Marija Koschkina
ISBN Taschenbuch: 9789462543317
ISBN EPub: 9789462543393
© 2005, © 2015 Stephan Schmitt

Dem furchtlosen Mädchen
gewidmet.

Kapitelübersicht

I. ....Die Suche nach dem furchtlosen Mädchen

Piumas Botschaft..9-13
Die Stimme aus dem Moor...14-16
Wissnus Prophezeiung..17-19
Das furchtlose Mädchen..20-24

II. ....Die Verwandlungsreise

Der Aufbruch..25-27
Ungeahnte Kräfte..28-29
Der Smaragdwald..30-35
Verräterische Spuren...36
Die Verwandlung...37-42

III. ....Das Geheimnis der verschwundenen Kinder

Gestrandet..43-44
Das Rätsel..45-46
Das Erwachen..47-48
Erste Zweifel...49-50
Durch das Labyrinth..51-52
Was kann es bloß sein?...53
Vor den Toren..54
Des Rätsels Lösung...55-56
Siggar und der fünfte Turm...57-61
Mondraggs Wölfe..62-64
Die Heimreise..65
Das große Wiedersehen...66-69

Landkarte..71

Hinweis eines Verzauberten

Wenn du die ersten Worte liest,
musst du bis zum Ende lesen,
damit du hörst, fühlst und siehst,
die Magie der Zauberwesen.

Mädchen, Wolf und Stein,
alles will verzaubert sein.

I.
Die Suche nach dem furchtlosen Mädchen

Piumas Botschaft

Nicht schöner konnte ein Tag beginnen. Die Erde erstrahlte im Sonnenlicht und die Wiesen standen in voller Blüte. In dem kleinen Tal namens Armonia lebten Tier und Mensch friedvoll miteinander. Die Natur gab ihre ganze Fülle her. Das Gras war saftig grün, die Bäume reich an Früchten und das Wasser des angrenzenden kleinen Flusses war frisch und klar. In dieser harmonischen Idylle fehlte es scheinbar an Nichts.

Und doch, eines Tages war etwas anders als sonst. Ein schwarzer Vogel flog über die Baumwipfel des nahegelegenen Waldes kreisend umher. Seine Augen tasteten Stück für Stück das Gebiet ab. Er schien auf der Suche nach etwas zu sein. Mit einem lauten Krächzen beendete er plötzlich seine Suche und beschloss, sich auf der angrenzenden Lichtung auf einem entwurzelten Baumstumpf niederzulassen. Sein Blick war immer noch auf den Wald gerichtet.

Geduldig und regungslos saß er hier, während ihm der Wind sanft durch das Gefieder strich. Nichts geschah, nur das leise Rascheln der Blätter im Wind und das Rauschen des Flusses waren zu hören. Es rührte sich nichts.

Minuten vergingen, bis sich plötzlich etwas im dicht bewachsenen Wald regte. Der schwarze Vogel beobachtete eine vierbeinige

Schattengestalt, die sich langsam durch das Unterholz der Bäume bewegte. Je näher sie dem Waldrand kam, desto größer wurde sie. Schließlich ließ die Gestalt die letzten schattigen Bäume hinter sich und wurde im Schein der Sonne sichtbar.

Ein großer stattlicher Wolf mit dickem grau-weißem Fell trat auf die Lichtung. Er schien alt zu sein, hatte aber noch jede Menge Kraft und Energie in sich. Er trottete geradewegs auf den schwarzen Vogel zu. »Es wird dich nicht unbedingt erfreuen, mich wieder zu sehen, Fredàr!«, sagte der schwarze Vogel zum Wolf. »Denn immer, wenn ich dich aufsuche, bringe ich dir ein Problem mit.«

Der Wolf trat noch näher heran und setzte sich. »Ich freue mich trotzdem, dich wieder zu sehen, Botschafter Piuma«, sagte er. »Aber Zeit zum Plaudern werden wir wahrscheinlich auch diesmal nicht haben. Sag mir, was ist der Grund deines Besuches?« »Dieses Mal bin selbst ich nicht mit allen Informationen vertraut«, entgegnete Piuma. »Alles wird streng im Geheimen gehalten, da die Angelegenheit ernster ist als je zuvor. Nicht einmal ich darf alles wissen, denn dieses Wissen bedeutet Gefahr für das eigene Leben, wie auch für das vieler Kinder.« Sichtlich betroffen von dieser recht knappen Botschaft, erhob sich der Wolf wieder. »Was soll ich tun?«, fragte er sogleich. »Begib dich zum Orakel Wissnu nach Schleiermoor«, sagte Piuma. »Es lebt ganz in der Nähe des großen Felsenpilzes mit den sieben kleinen Höhlen. Du wirst erfahren, was du wissen musst. Viel Glück und gib Acht! Denn du wirst dich auch an dunkle Orte begeben, wo dich nichts Gutes erwarten wird«. Fredàr nickte. »Hab Dank«, sagte der Wolf. »Ich werde mich sofort auf den Weg machen«.

Botschafter Piuma musste sich auch wieder auf den Weg machen. Er hatte noch einen sehr langen Flug vor sich, bevor er seine nächste wichtige Nachricht verkünden konnte. Er breitete seine Flügel aus und schwang sich hoch in die Lüfte. Im Sonnenlicht begann sein schwarzes Gefieder in allen Farben zu funkeln. »Viel Zeit ist seit unserer letzten Begegnung vergangen«, rief er noch Fredàr zu. »Sollten wir uns jemals wieder sehen, wird dies hoffentlich unter glücklichen Umständen geschehen«. Dann flog er davon. Auch Fredàr ging seines Weges, um das Orakel in Schleiermoor aufzusuchen. Er war in seinem Leben viel gereist und wusste aus Erzählungen, wo ungefähr er den Felsenpilz finden würde.

Die Stimme aus dem Moor

Fredàr wanderte tagelang über Felder und steinige Pfade. Wenn er hungrig war, aß er Beeren, Nüsse oder andere Früchte. Wenn er durstig war, trank er Wasser aus einem Fluss oder Bach und wenn er müde war, schlief er unter Felsvorsprüngen oder auf trockenem Gras unter den Bäumen. Seinem dicken Fell konnte die nächtliche Kälte nichts anhaben.

Am dritten Tage seiner Reise erreichte er Schleiermoor. Von einem Hügel aus hatte er einen guten Überblick über dieses neblige Land, in welchem sich viele kleine und große Tümpel befanden. In weiter Ferne erblickte er den Felsenpilz und setzte seinen Weg dorthin fort.

Bald brach die Nacht herein. Doch der Mond leuchtete ihm den Weg. Je weiter Fredàr lief, desto feuchter und nebliger wurde die Gegend. Fredàr mochte dieses Klima nicht besonders, denn ein nasses Fell war ihm unangenehm und seine Pfoten drückten sich bei jedem Schritt in die matschige Erde. Außerdem hatte er eine empfindliche Nase und der modrige Geruch, der in der Luft lag, stieg ihm einwenig zu Kopf. Überall hörte man das Quaken von Fröschen, das Plätschern von Wasser und das Summen von Insekten.

»Erkennst du es?«, fragte ihn plötzlich eine flüsternde Stimme, die aus dem Tümpelwasser zu kommen schien. Doch Fredàr konnte niemanden erkennen. »Wo bist du?«, fragte er. Etwas lauter ertönte die Stimme noch einmal: »Erkennst du es? - Raschel, raschel, - ein Auge funkelnd, schwarz, Sieben an der Zahl. Erkennst du es? Spring, spring!« Fredàr blickte sich um, sah aber immer noch niemanden. Er beugte sich über das Wasser, konnte aber auch hier nichts Auffälliges entdecken. Er konnte sich keinen Reim darauf machen, was die Stimme ihm damit sagen wollte. War dies vielleicht ein Rätsel oder ein Hinweis? Fredàr war verwirrt. Alles, was er im Wasser sah, war sein eigenes Spiegelbild im Mondscheinlicht.

Doch was war das? Nachdem sich das Wasser nach einem kurzzeitigen

Wellengang wieder beruhigt hatte und Fredàr das Spiegelbild erneut erblickte, sah er nun das Gesicht eines Menschen. Es trug männliche Züge und starrte unablässig in seine Wolfsaugen.

Fredár erschrak und machte einen großen Schritt zurück. Nach einem kurzen Moment beugte er sich erneut über das Wasser und erhielt sein vertrautes Wolfsgesicht zurück. Fredàr wusste nicht, wie ihm geschah. Er hatte viele Fragen, doch eine Antwort bekam er nicht. Es blieb ihm nichts anderes übrig, als weiterzulaufen.

Wissnus Prophezeiung

Fredàr lief noch einige Stunden durch das Moor, bis er den Felsenpilz endlich erreicht hatte. Der Pilz befand sich mitten im Wasser eines großen Tümpels. Es war ein gewaltiger Felsbrocken und es gab hier Eingänge zu sieben winzigen Höhlen. »Sieben Höhlen, das sind Sieben an der Zahl!«, sagte sich Fredàr. Hatte dies etwas mit der Stimme zu tun, die er vor wenigen Stunden gehört hatte? In jeder dieser Höhlen entdeckte Fredàr eine Schildkröte, die wie in Trance vor sich hin brummelte. Jede von ihnen hatte ihren Panzer in einer bestimmten Farbe. Der erste Panzer war gelb, der zweite orange, der dritte rot, der vierte violett, der fünfte blau und der sechste grün. Die siebte Schildkröte hatte einen schwarzen Panzer und brummelte hörbar lauter als die Anderen. Doch von einem Orakel namens Wissnu war weit und breit nichts zusehen. Wo sollte er jetzt suchen? »Wissnu, wo bist du?«, rief Fredàr. »Botschafter Piuma schickt mich zu dir!«.

Einen Meter vor ihm raschelte es plötzlich im Schilf. Vorsichtig schob Fredàr die Schilfrohre mit seiner Pfote beiseite. »Müde, müde bin ich zschhhh, schlafen muss ich, muss doch alles Wissen erträumen«, sagte da ein seltsames Wesen schläfrig, das es sich auf dem schwimmenden Blatt einer Moorpflanze treibend, gemütlich gemacht hatte. Das Wesen sah aus wie eine blaue Kröte, hatte aber mehrere kleine Schwimmarme und einen schlangenartigen Ruderschwanz mit Schuppen. Es hatte außerdem eine lange, klebrige und gespaltene Zunge, mit der es vor sich hin zischelte.

»Ich suche das Orakel Wissnu, weißt du, wo ich es finden kann?«, fragte der Wolf. »Zschhhh, du hast mich bereits gefunden, Fredàr«, sprach das Orakel. Fredàr blickte Wissnu ungläubig an, denn er hatte etwas ganz anderes erwartet. Für ein Orakel war es wirklich klein, um nicht zu sagen winzig.

»Jetzt, da du mich geweckt hast zschhhh, will ich dir auch schnell verraten, was du wissen musst«, gähnte Wissnu langsam. Bevor er jedoch weiterreden konnte, überkam ihn urplötzlich die Müdigkeit.

Die Augenlider wurden schwerer und er nickte schließlich wieder ein. Fredàr musste ihn erneut wecken.

Mit einem lauten Gähnen startete das blaue Wesen einen zweiten Versuch. »Im Nordosten, hinter dem Smaragdwald, liegt das Dorf Lieto«, begann Wissnu endlich zu berichten. »Es ist, oder besser gesagt, es war das Dorf der fröhlichen Kinder zschhhh. Nirgendwo anders war soviel Freude zu spüren wie dort. Diese Fröhlichkeit trug sich über weite Strecken hinweg, selbst bis hierher! Wenn diese Kinder glücklich waren, dann waren wir es auch zschhhh.« Wissnu musste sich zusammenreißen, um nicht schon wieder vom Schlaf übermannt zu werden. »Vor einiger Zeit jedoch verschwanden alle Kinder aus Lieto«, fuhr er fort. »Niemand weiß, was mit ihnen geschehen ist und wo sie jetzt sind. Die Eltern der Kinder sind verzweifelt zschhhh. Stille liegt nun über Lieto und sie breitet sich überall hin aus. Nicht nur die Stimmen der Kinder, sondern auch die vieler Tiere sind bereits verstummt. Die Kinder sind unsere Zukunft und wir müssen sie wiederfinden zschhhh!«

Das Orakel schüttelte den Kopf, um weiter gegen die Müdigkeit anzukämpfen und fügte hinzu: »Gehe nach Osten, vorbei an den drei grünen Hügeln mit dem anschließenden großen Schlangenkopffelsen zschhhh, entlang des wilden Flusses Corrente, bis du in die Stadt Sandor gelangst. Suche dort nach dem auserwählten kleinen Mädchen, das sich den Gefahren furchtlos stellt zschhhh. Sie ist es, die die Kinder und unsere Freude wiederbringen kann. Begleite und unterstütze sie auf eurem Weg. Erzählt niemandem etwas von diesem Auftrag und folgt immer eurer inneren Stimme! zschhhh«.

Bevor der Wolf etwas sagen konnte, sprang Wissnu ins Wasser und tauchte bis auf den Grund. Mit Hilfe seines Schwanzes und seiner vielen Arme bewegte er sich überaus schnell. Es dauerte auch nicht lange und er tauchte wieder auf. In zwei seiner Arme lag etwas Glitzerndes. Mit seinen restlichen Armen paddelte Wissnu zum Ufer und hängte Fredàr ein Schmuckstück um den Hals. Es war ein altes, reich verziertes Amulett. In seiner Mitte funkelte ein Stein in allen erdenklichen Farben. »Dieses Amulett ist für das furchtlose Mädchen bestimmt«, zischelte das Orakel müde. »Gib es ihr. Es wird die Zeit kommen, in der es von Nutzen sein wird zschhhh«.

Die Kette des Amuletts passte gerade so um Fredàrs Hals, der dafür eigentlich zu groß war. Aber vielleicht war das auch gut so, denn das Amulett versank im dicken Wolfsfell und lag somit vor möglichen Räubern verborgen. »Hab Dank«, sagte Fredàr. »Ich werde mich sofort auf die Suche machen«. Erschöpft schwamm Wissnu wieder zum Wasserblatt zurück und schlief sogleich ein.

Fredàr war fasziniert von dem kleinen Orakel und verstand, wieso Wissnu die meiste Zeit seines Lebens mit Schlafen verbrachte. Denn mit Hilfe der sieben Schildkröten erträumte Wissnu von überall her alle Gedanken von Mensch und Tier. Er nutzte sie stets zum Zwecke des Einklangs, in dem er Gehilfen wie zum Beispiel Fredàr entscheidende Informationen preis gab. Da sich so viele Gedanken durch ihren ganz eigenen Gefühlszustand unterschieden, wurden sie den Schildkröten mit ihrer jeweiligen Panzerfarbe zugeordnet. So sammelte zum Beispiel die gelbe Schildkröte die fröhlichen und die rote die eher liebevollen Gedanken. Die schwarze Schildkröte hingegen empfing die bösen und ängstlichen Gedanken. Dies war wohl auf die verschwundenen Kinder und deren sich ausbreitenden Traurigkeit zurückzuführen. Alle wichtigen Gedanken der sieben Schildkröten wurden ausgewählt und noch im Schlaf gebündelt an Wissnu weitergeleitet. Dieser konnte sich genauer mit den Traumbildern befassen, um sie dann klug und weise für das Gute einzusetzen.

Das furchtlose Mädchen

Fredàr machte sich auf den Weg nach Sandor. Er hatte eine lange Reise vor sich und es dauerte noch Stunden, bis er das feuchte Schleiermoor verlassen hatte. Nachdem er wieder trockenen Fußes war, beschloss er erst einmal zu schlafen. Denn er war sehr müde und erschöpft. Er fand einen geeigneten Platz unter einer großen Eiche und schlief sofort ein. Die nächsten Tage lief er ohne viel zu rasten. Er erreichte den ersten grünen Hügel, bald auch den Zweiten und den Dritten. Die Hügel waren reich bestückt mit wohlriechenden, farbenprächtigen Blumen, ein Paradies für alle Insekten.

Drei Schmetterlinge saßen auf einer großen Blüte und waren fleißig beschäftigt, Nektar zu schlürfen, als Fredàr an ihnen vorbeilief. Einer von ihnen verschluckte sich plötzlich am Blütensaft, da er den Wolf anhand von Sagen erkannt haben wollte. »Das war Fredàr!«, schrie er die anderen beiden Schmetterlinge an, so dass auch sie sich jetzt verschluckten. »Wer?«, fragten sie etwas verärgert. »Kennt ihr nicht die Geschichten über Fredàr, den grau-weißen Wolf?«, fragte er überrascht. »Fredàr war vor vielen Jahren von einem Schafhirten verletzt im Wald aufgefunden und gesund gepflegt worden. Der Wolf hatte damals alle seine Erinnerungen verloren. Er wusste noch nicht einmal mehr seinen Namen. Der Hirte nannte ihn schließlich Fredàr. Er hatte keine Angst vor dem Wolf, auch nicht davor, dass er seine Schafe hätte reißen können. Fredàr hat seither sehr viel erlebt. Ihr wisst aber auch gar nichts! Ich habe diese Geschichten schon gehört, als ich mich noch als Raupe von Blatt zu Blatt bewegte!« Etwas genervt, aber stolz über sein eigenes Wissen, brach er das Gespräch ab und begann weiter den Nektar zu schlürfen.

Fredàr erreichte den Schlangenkopffelsen, der sich direkt hinter dem dritten grünen Hügel befand. Er war so geformt, dass kleinere Felsbrocken an spitze Zähne und an die gespaltene Zunge einer

Giftschlange erinnerten. Anstelle von Augen befanden sich im Felsen zwei kleine Höhlen. Zusammen wirkten die grünen Hügel und der Felsen wie eine überdimensional große Schlange. Fredàr spürte einen Blick im Nacken, fühlte sich beobachtet, als er am Kopf vorbeilief. Die vermeintlichen Augenhöhlen der Schlange wurden zur Zeit von Kugelblitzeulen bewohnt. Diese Tiere hatten die Fähigkeit, die Umgebung mit blitzähnlichem Licht besonders stark aufzuhellen, um Beute bei Nacht besser erspähen und gleichzeitig blenden zu können. Fredàr lief weiter und kam irgendwann an der Corrente an, dem großen wilden Fluss. Er war einer der wichtigsten aber auch gefährlichsten Wasserstrassen. Mit seiner gewaltigen Länge entsprang er dem hohen Norden und floss bergab durch das Land in den Süden. Das Wasser war reißend schnell. Wenn Fredár den Abhang hinunter ins Wasser stürzen würde, könnte er ein böses Ende nehmen. Deshalb hielt er immer etwas Abstand zum Wasser, während er seinem Lauf folgte.

Am nächsten Tag erreichte Fredár endlich Sandor. Die Stadt war geprägt durch große Holzbauten mit kleinen Vorgärten. Die viel genutzten Hauptstraßen waren, im Gegensatz zu den kleineren Wegen, gepflastert. Jetzt musste Fredàr nur noch das auserwählte Mädchen finden. Er fing sogleich an die Gegend abzusuchen. Doch nirgendwo waren Kinder zu sehen. Fredár befürchtete im ersten Moment ein weiteres Unheil. - Sollten die Kinder dieser Stadt nun auch verschwunden sein? Doch schließlich hörte er Kinderstimmen, ganz in seiner Nähe. Sandor grenzte an einen großen See, an dem sich einige Kinder aufhielten. Er bewegte sich langsam auf sie zu, bis ihn eines der Kinder plötzlich bemerkte. Es schrie wie am Spieß und rannte gemeinsam mit den anderen Kindern voller Angst davon.

Nur ein Mädchen, das ihre Geschicklichkeit durch das spielerische Fangen von Fischen unter Beweis stellte, blieb stehen. Es hatte langes dunkles Haar, welches zu einem Zopf geflochten war und ihr schon fast bis zu den Kniekehlen reichte.

Das Mädchen drehte langsam ihren Kopf und sah dem Wolf mit starrem und wütendem Blick direkt in die Augen. Dann schnappte es sich blitzschnell einen herumliegenden dicken Ast und rannte furchtlos schreiend auf Fredàr zu. »Komm her Wolf!«, schrie sie ihn an. »Du wirst keinem etwas zu Leide tun!«

Fredàr war äußerst überrascht von dieser Reaktion. Ein solches Verhalten hatte er bei einem Kind noch nie gesehen. Es bestand kein Zweifel, dies musste das auserwählte furchtlose Mädchen sein. Er hatte sie gefunden. »Warte!«, rief Fredàr. »Ich will niemandem etwas Böses. Mein Name ist Fredàr und ich bin hierher gekommen um dich zu finden«. Das Mädchen blieb stehen. Sie war misstrauisch, hörte jedoch zu, was der Wolf zu sagen hatte. Fredàr erzählte ihr alles ganz genau, vom Schicksal der verschwundenen Kinder von Lieto und vom Orakel Wissnu, das sie im Traum als Auserwählte erkannt hatte. Sie habe die Fähigkeit, die Freude in die Gesichter der Menschen und der Tiere wieder zurück zu bringen.

Das furchtlose Mädchen war völlig überrascht von dieser Antwort. Während sie noch ungläubig in die Wolfsaugen sah, fiel ihr Blick plötzlich auf den Amulettstein auf Fredàrs Brust, der durch das dicke Fell in allen Farben zu leuchten begann. Das Mädchen wurde von dem Stein magisch angezogen, welcher in ihr alle Zweifel beseitigte. Sie war schnell überzeugt. »Ich glaube dir Wolf«, sagte sie.

Fredàr trat an sie heran, lies die Kette mit dem Amulett geschickt über seinen Kopf zur Schnauze gleiten und hängte sie um ihren schmalen Hals. »Wunderschön«, fügte sie hinzu. »Ich werde das Amulett immer gut unter meiner Kleidung vor möglichen Dieben verbergen«.

»Wie ist dein Name?«, fragte der Wolf neugierig. »Ich habe keinen«, antwortete das Mädchen. »Wieso nicht?«, fragte Fredàr erneut. »Jedes Kind aus meinem Dorf erhält zu gegebener Zeit seinen ganz bestimmten Namen«, fügte sie hinzu. »Dieser wird mit viel Sorgfalt ausgewählt, da er ja schließlich genau zum jeweiligen Kind passen muss. Die Namen entstehen auf unterschiedliche Art und Weise. Ein Name kann zum Beispiel in Verbindung mit einem großen Ereignis stehen, an dem ein Kind beteiligt war. Ich bin das einzige Kind, für das der passende Name noch nicht gefunden wurde. Die Menschen aus der Umgebung haben schon gemerkt, dass ich etwas anders bin als die anderen Kinder. Aber niemand, auch nicht meine Mutter, weiß genau, wie man mich nennen sollte«. »Auch nicht dein Vater?«, fragte der Wolf wieder. »Den habe ich nie kennen gelernt«, antwortete sie.

»Er verschwand ganz plötzlich, noch bevor ich auf die Welt kam«.
Fredàr hörte gespannt zu, musste aber auch wieder an die Kinder von Lieto denken, die ebenfalls verschwunden waren. »Bist du bereit für die große Reise?«, fragte er. »Warte hier, ich bin gleich wieder zurück«, erwiderte das Mädchen.

Sie lief nach Hause in ihr Zimmer und packte wie selbstverständlich ihren kleinen Reisebeutel. Die einzigen Dinge die sie einpackte waren ein Stück Brot von ihrer Mutter, etwas Wasser, eine Decke und ein kleines Kopfkissen. Das Kissen hatte ihrem Vater gehört und sie schlief einfach gerne darauf ein. Vielleicht lag dies auch daran, dass es nicht, wie üblich, mit weichen Daunen gefüttert, sondern mit den wohlriechenden Samen der sonderbaren Würfeltomate gefüllt war.

Dann lief das Mädchen zur Mutter in den Garten. Die starke Ähnlichkeit zu ihrer Tochter war unverkennbar. Sie hatten beide dieselben Augen und trugen ihr dunkles langes Haar als Zopf geflochten. Die Mutter sah den Beutel auf dem Rücken ihrer Tochter und wusste schon, dass sie hinaus in die weite Welt wollte. Sie umarmten sich. Wie selbstverständlich reagierte die Mutter darauf, die sich in ihrer Tochter wieder erkannte. Auch in ihren jungen Jahren hatte sie oft das Reisefieber gepackt. »Komm bald zurück«, sagte die Mutter. »Und pass auf dich auf!« Dies war ein Satz, den jede Mutter einfach sagen musste, selbst sie, denn sie musste an den plötzlichen Verlust ihres Mannes denken. Das sollte nicht auch noch mit ihrem Kind passieren. »Das weißt du doch«, antwortete die Tochter. »Bis bald!«

Fredàr hatte sich derweilen etwas ausgeruht und sich Gedanken über das weitere Vorgehen gemacht, als sich das furchtlose Mädchen wieder näherte. »Hier bin ich wieder«, sagte es. »Lass uns aufbrechen!«

Fredàr erhob sich daraufhin. »Wir müssen nach Lieto gehen um Hinweise zu finden, die uns zu den verschwundenen Kindern führen«, meinte er. »Machen wir uns also auf den Weg, Trägerin des Amuletts.«

II.
Die Verwandlungsreise

Der Aufbruch

Die Sonne stand hoch am strahlend blauen Himmel. Es war ein schönes Wetter zum Reisen. Von weitem hörte man das Rauschen des Flusswassers, das Summen der Bienen und das Zirpen der Zikaden in den Bäumen.
 Der Wolf und das Mädchen hatten einen wichtigen Auftrag zu erledigen. Während sie Seite an Seite gen Norden liefen, mussten sie ständig an die verschwundenen Kinder denken, die vielleicht gefangen gehalten wurden und sich ängstigten. Trotzdem versuchten sie ihre Reise einwenig zu genießen. Sie waren fasziniert von den vielen Farben und Formen, die es in der Natur zu bestaunen gab. Besonders liebten sie die vielen großen Pinien mit ihren schönen geschwungenen Ästen. Über weite Strecken hinweg säumten diese Bäume zu Tausenden ihren Weg. Man nannte diesen Weg auch die *Straße der großen Töne*, denn in der Sonnenwärme liebten es die Zikaden zu zirpen. Durch die Wärme wurden gleichzeitig die Pinienzapfen zum platzen gebracht, deren rhythmisches Knacken den Takt der Zikadenklänge angab. Ein riesiges Konzert wurde in den Baumkronen abgehalten.
 Fredàr hatte auf seinen Reisen noch nie eine Begleitung gehabt. Er lief sonst immer nur alleine und schweigsam von einem Ort zum anderen. Er genoss die Gesellschaft des Mädchens und war froh jemanden an

seiner Seite zu haben, mit dem er sich unterhalten konnte.

»Macht sich denn deine Mutter keine Sorgen um dich, wenn du tagelang allein unterwegs bist«, fragte Fredàr das Mädchen. »Nein«, antwortete sie. »Es ist nicht das erste Mal, dass ich über einen längeren Zeitraum von zu Hause fern bin. Meine Mutter weiß, dass ich auf mich Acht geben kann. Sie vertraut mir. Außerdem hab ich ja dich jetzt an meiner Seite«.

Sie waren nun schon viele Stunden unterwegs und die Trägerin des Amuletts musste an ihre erste Begegnung mit Fredàr denken. »Tut mir Leid, dass ich so wutentbrannt auf dich losgegangen bin Wolf«, sagte sie. »Man hört hier und da, dass Wölfe wie aus dem Nichts auftauchen und immer öfter ihr Unwesen treiben. Sogar vor kleinen Kindern sollen sie nicht Halt machen«. Fredàr musste schmunzeln, als er sich an den übereilten Angriff des Mädchens erinnerte, hatte aber großen Respekt vor ihrem Mut. »Nicht alle Wölfe sind schlecht gesinnt«, sagte er. »Man sollte die Dinge auch nicht unbedacht und überstürzt angehen. So sollten wir uns immer genau überlegen was wir tun, um unseren Auftrag erfüllen zu können. Besonders wichtig ist es, niemandem von unserem Vorhaben zu erzählen, sonst könnten die Kinder, dich eingeschlossen, in Gefahr geraten. Wir müssen es für uns behalten, denn wir können niemandem trauen«.

Die Nacht brach ein. Das Mädchen wurde langsam müde von dem vielen Laufen, versuchte aber mit dem Wolf Schritt zuhalten und sich nichts anmerken zu lassen. Fredàr bemerkte aber, dass sie erschöpft war und beschloss einen Schlafplatz zu suchen. Abseits der *Straße der großen Töne*, fand er schließlich einen gemütlichen Platz unter einem Feuertränenbaum. Das Mädchen kannte diese Baumart. Ihre Mutter hatte ihr stets verboten die Früchte davon zu essen, da sie eine berauschende Wirkung auf den Körper haben. Auch Fredàr verbot ihr ausdrücklich die Feuertränen zu kosten. Er hatte absichtlich diesen Baum als Schlafstätte auserkoren, da die wilden Tiere die Wirkung dieses tropfenförmigen Obstes ebenfalls kannten und stets einen großen Bogen darum machten. Außerdem hatte dieser Baum die Eigenschaft, alle Gerüche im Umkreis von drei Metern zu schlucken, so dass kein Tier sie wittern konnte. Es war der perfekte Unterschlupf.

Sie konnten sich also beruhigt schlafen legen.

Während Fredàr sich an den dicken Baumstamm legte, packte sie die Decke und das Kopfkissen aus ihrem Beutel und legte sich damit dicht neben ihn. Das dicke Fell des Wolfes wärmte sie zusätzlich, so dass sie nicht frieren konnte.

Das Mädchen schlief jedoch nicht gleich ein. Sie musste unbedingt noch einmal das Amulett mit dem sonderbaren Stein sehen, dass sie bei sich trug. Sie holte es unter ihrer Kleidung hervor und betrachtete es gebannt im dämmernden Licht. Der eingearbeitete Stein schien selbst in der Dunkelheit zu funkeln und zog den Blick seiner Trägerin immer wieder magisch an.

Als sie das Amulett wendete, erkannte sie auf der Rückseite den Kopf eines Wolfes, der von Menschenhand meisterhaft in Silber gearbeitet worden war. Schließlich versteckte sie das Amulett wieder unter ihrer Kleidung. Jetzt beschloss auch sie einwenig zu schlafen, denn am Morgen musste sie wieder fit auf den Beinen sein.

Ungeahnte Kräfte

Am nächsten Morgen, bevor sie sich wieder auf den Weg machten, stärkten sich die beiden. Sie aßen das Brot aus dem Reisebeutel, sowie Zirbelnüsse, Pinienkerne und Beeren, die Fredàr in der Gegend finden konnte.

Die nächsten Tage blieben sie stets auf der *Straße der großen Töne* und versuchten so schnell wie möglich ihrem Ziel näher zu kommen. Und in der Tat kamen sie von Tag zu Tag auch etwas schneller voran. Fredár war überrascht, wie sich das Mädchen langsam zu einem richtigen Energiebündel entwickelte. Für ein Kind in ihrem Alter war das außergewöhnlich. Etwas Magisches musste der Grund sein. Lag es vielleicht an Wissnu's Geschenk? Seitdem das furchtlose Mädchen das Silberamulett um den Hals trug, fühlte sie sich stärker, und konnte auf sonderbare Weise schneller laufen als sonst. Das war aber noch nicht alles. Ihre Ausdauer schien sich weiter zu vergrößern, ihr Blick sich zu schärfen und ihr Geruchssinn sich zu intensivieren. Sie selbst hatte keine Erklärung dafür. Die gewonnene Energie war jedoch ein großer Vorteil auf der Reise. Fredàr und das Mädchen legten in Rekordzeit große Strecken zurück.

Abseits der Strasse waren gerade drei Ameisen damit beschäftigt ein Blatt zu transportieren, als plötzlich Fredàr und das Mädchen an ihnen vorbeiliefen. Die vorderste Ameise erkannte den Wolf anhand von Sagen. Sie stoppte augenblicklich, so dass die beiden anderen Ameisen nichts ahnend auf die Erste prallten und zusammen samt dem Blatt auf die Seite fielen. »Was machst du da?«, fragten sie verärgert. »Das war Fredàr, der grau-weiße Wolf«, stotterte die erste Ameise hektisch und begann von ihm zu erzählen. »Fredàr hatte einst all seine Erinnerungen verloren. Ein Hirte fand ihn schwer verletzt im Wald und pflegte ihn wieder gesund. Da Fredàr nicht wusste wer er war und woher er kam, beschloss er erst einmal bei dem Hirten zu bleiben. Aus Dankbarkeit kümmerte er sich um seine Schafe, sorgte dafür, dass die Herde zusammenblieb und vor möglichen Raubtierangriffen verschont blieb. Er tat dies mit großer Sorgfalt, da er ein gutes Herz hat. Dies alles wusste ich bereits, als ich noch eine winzige Larve unter der Erde war. Ihr solltet wirklich aufmerksamer sein!«

Der Smaragdwald

Eines Tages erreichten Fredàr und seine Gefährtin den Smaragdwald. Die *Straße der großen Töne* führte als Umweg in großem Bogen um diesen Wald herum. Um schneller an ihr Ziel zu gelangen beschlossen die beiden die Abkürzung durch den Wald zu nehmen.

Der Wald schien ausschließlich aus grünfarbigen Pflanzen zu bestehen. Durch die Lichtstrahlen der Sonne wurden die Blätter der Pflanzen in unterschiedlichen Farbnuancen saftig grün zum leuchten gebracht. Es war eine kostbare und unberührte Gegend. Selten verirrte sich ein Mensch hierher, so dass der Wald vollkommen unangetastet und in Takt war.

Die Reisenden kamen teilweise nur langsam voran, da es keine ausgetretenen Pfade gab. Sie mussten sich durch die dicht bewachsenen Pflanzenanballungen und Büsche zwängen und über hoch hinausragende Baumwurzeln klettern.

Stunden später kamen die beiden an einer Wasserquelle vorbei und begannen ihren Durst zu löschen. Für die beiden gab es nichts kostbareres, als dieses frische und kühle Wasser aus der grünen Natur. Jeder Schluck brachte wieder ein Stück Lebenskraft in ihren Körper zurück.

Als das Mädchen kniend mit ihren Händen Wasser schöpfte, erblickte es schöne grüne Steine im kühlen Nass. Sie war neugierig. Während Fredàr noch mit dem Trinken beschäftigt war, hob sie ein paar dieser Steine aus dem Wasser, um sie etwas genauer zu betrachten.

Der Wolf war immer noch am trinken, als er plötzlich ruckartig seine Schnauze in die Luft reckte. Auch die Trägerin des Amuletts rümpfte jetzt ihre Nase. Etwas schien in der Luft zu sein. Fredàr lenkte seinen Blick zum Mädchen und erkannte die grünen Steine in ihrer Hand. »Schnell, lass sie fallen!«, rief er energisch, »und lauf so schnell du kannst!«. Sie wusste nicht was geschehen war, tat aber was der Wolf ihr aufgetragen hatte. Sie folgte dem Wolf in einem sehr schnellen Tempo. Der Boden war sehr uneben und teilweise mit dornigen Pflanzen

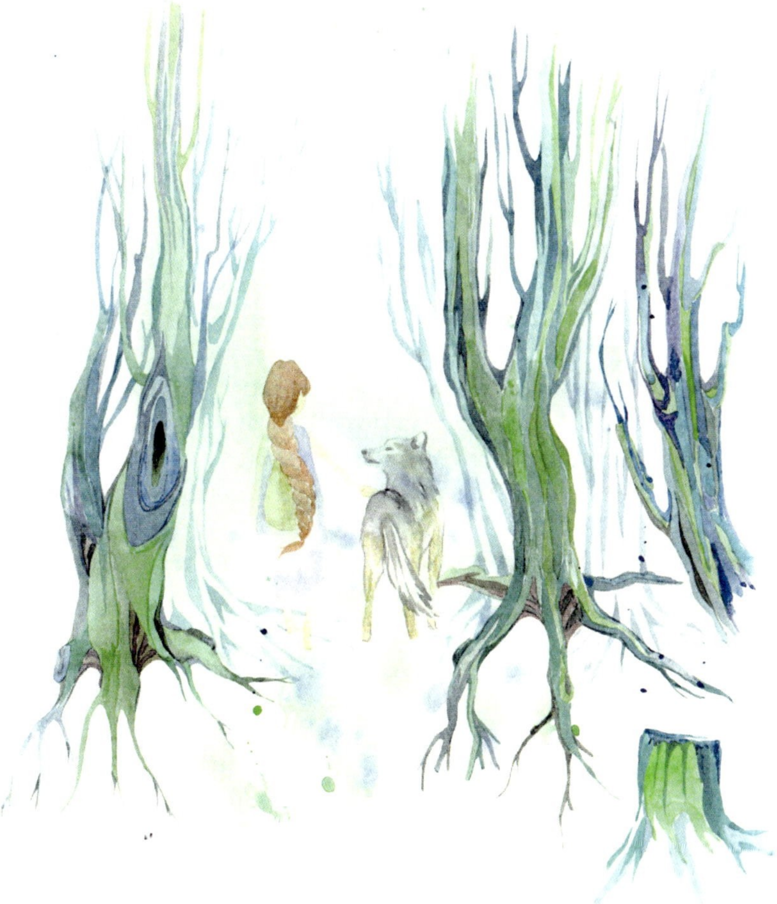

bestückt. Doch das Mädchen war schon ihr ganzes Leben lang immer nur barfuss gelaufen, sodass diese raue Natur ihren Füssen nichts anhaben konnte.

Die Beiden schlugen sich so gut es ging durch den Blätterdschungel. Trotz ihrer erhöhten Ausdauer und Schnelligkeit, konnte das Mädchen in diesem Tempo noch nicht ganz mit dem Wolf mithalten. Fredàr blickte hinter sich und sah, dass sich die Distanz zwischen ihnen immer mehr vergrößerte. Schließlich stoppte er und wartete, bis sie ihn wieder eingeholt hatte. »Spring auf mein Rücken!«, rief er ihr zu. Das Mädchen rannte so schnell sie nur konnte und sprang auf den Wolfsrücken.

Fredàr rannte los. Er war so schnell, dass sie sich fest um seinen Hals klammern musste, um nicht abgeworfen zu werden. Ihr langer Zopf wurde dabei nach hinten in hohem Bogen durch die Luft gewirbelt.

Das Mädchen hatte nichts Verdächtiges gehört. Als sie jedoch nach hinten blickte, erkannte sie in der Ferne einen Schwarm grüner Stachelfliegen, der sich ihnen lautlos immer schneller näherte.

Fredàr wusste was er tat. Ganz in der Nähe hatte er ein schlammiges Wasserloch gewittert, das er zielstrebig ansteuerte. Endlich erreichte er es und sprang in hohem Bogen in die braune stinkende Brühe hinein. Das Mädchen ließ sein Fell los und tauchte dicht neben dem Wolf ein. Ihre Körper waren nun mit grünem übel riechendem Schlamm bedeckt.

Die Stachelfliegen hatten sie eingeholt, hielten jedoch Abstand, da ihnen dieser Geruch zuwider war. Der Schwarm umkreiste sie noch ein paar Mal und flog dann davon. »Die Stiche dieser Fliegen sind äußerst unangenehm«, sagte Fredàr völlig aus der Puste. »Man kann sogar verrückt davon werden«. Dann erklärte er ihr, dass diese Fliegen nur ihren Nachwuchs verteidigen wollten, der in den grünen Steinen heranwächst, die sie in der Quelle gefunden hatte.

Noch immer saßen die beiden im Schlammloch. Sie schauten sich an und mussten über ihr schmutziges Aussehen lachen. »Ich habe ganz in der Nähe einen Bach gesehen«, sagte Fredàr. »Lass uns dort erst einmal waschen, bevor wir weitergehen«, fügte er hinzu.

Sie fanden den Bach auch recht schnell und während sich das

Mädchen ihre Haare vom Schlamm befreite, dachte sie über Fredàrs Wolfseigenschaften nach. »Manchmal wünschte ich mir auch ein Wolf zu sein, denn du bist so schnell wie der Wind«, sagte das Mädchen, während es ihren nassen Zopf auswrang. »Alles hat Vor- und Nachteile«, antwortete Fredàr und schüttelte sich das Wasser aus seinem Fell.

Gesäubert eilten sie wieder weiter und erreichten drei Tage später das Ende des Smaragdwaldes. Dahinter gelangten sie wieder auf die *Straße der großen Töne*, die geradewegs nach Lieto führte. Je näher sie dem Dorf kamen, desto leiser wurde das Zikadenkonzert in den Pinien, bis es irgendwann ganz verstummte. Sie hatten Lieto erreicht.

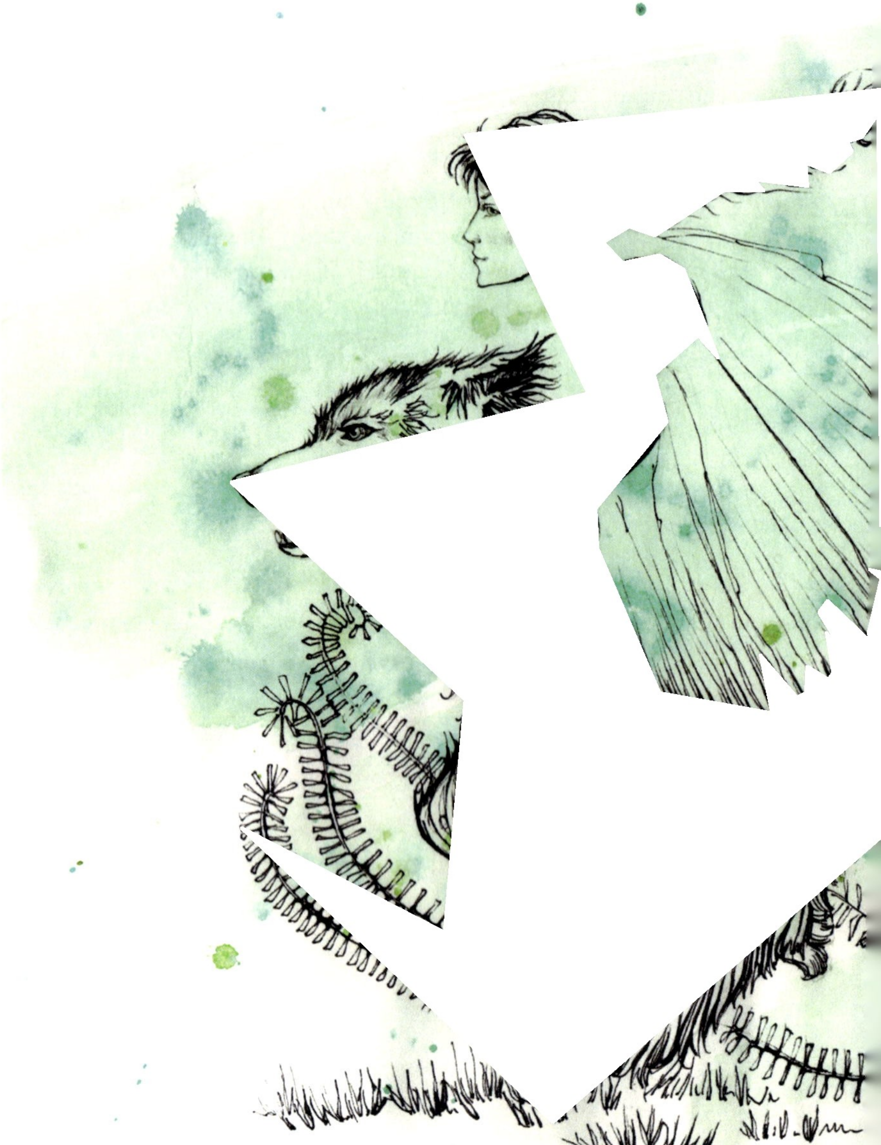

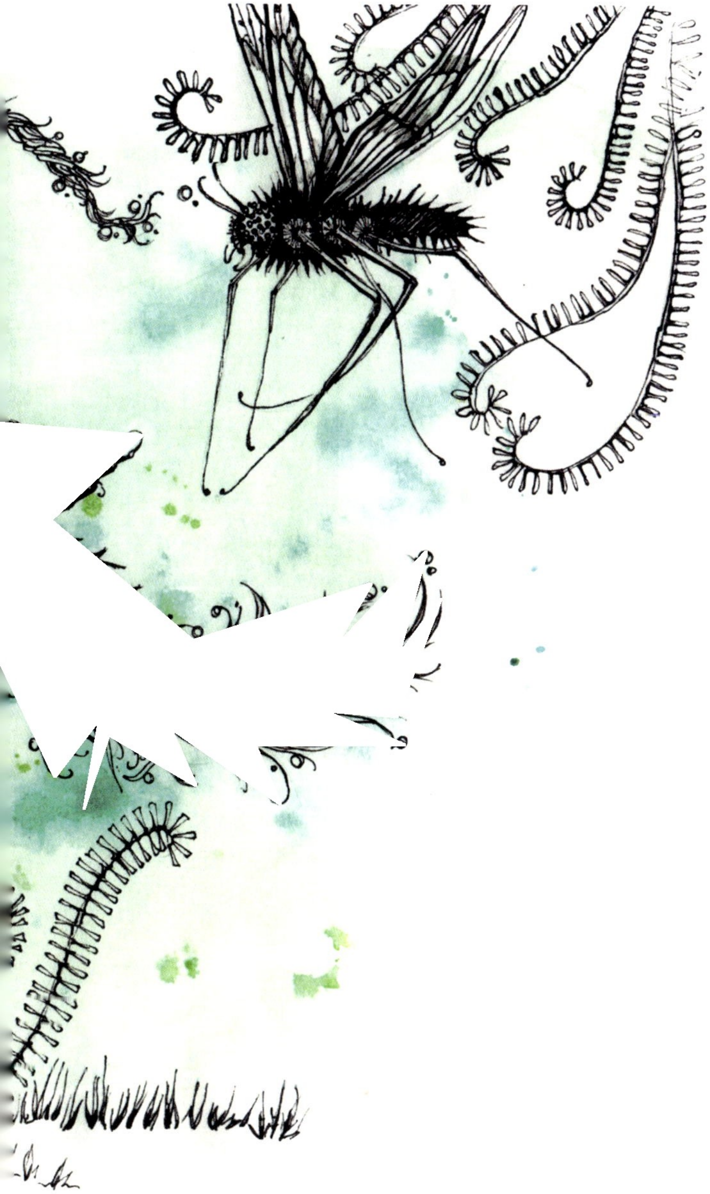

Verräterische Spuren

Eine unheimliche Stille lag über dem Dorf. Es war niemand auf den Straßen zu sehen. In den Fenstern der Häuser konnte man jedoch die Eltern erkennen, die verzweifelt in ihren Zimmern auf- und abliefen. Fredàr und das Mädchen liefen weiter bis sie am Dorfende auf den großen Spielplatz der Kinder stießen. Dieser Platz war so stumm wie nirgendwo anders. Hier tobten sie normalerweise vor Freude, doch nun war kein einziges Kind mehr zu sehen.

Der Wolf und das Mädchen suchten nach Hinweisen und fanden schon in kürzester Zeit eine heiße Spur. Der Blick des Mädchens war mittlerweile so gut geschärft, dass sie selbst winzigste Hinweise aufspüren konnte. Sie fand schwarze Haare eines Tierfelles auf dem Boden. Fredàr erschnüffelte eine Reihe Abdrücke von Tierpfoten im Sand. Er erkannte sofort, um welche Spuren es sich hierbei handelte. »Das waren schwarze Wölfe«, sagte Fredàr. »Es muss ein ganzes Rudel hier gewesen sein.« Es gab also doch eine Verbindung zwischen den verschwundenen Kindern und den Wölfen, so wie es die Trägerin des Amuletts einmal vom Hören und Sagen erwähnt hatte. Es waren keine Kampfspuren im Sand zu erkennen, sodass anzunehmen war, dass die Kinder noch leben. Aber wieso sollten die Wölfe diese Kinder gefangen nehmen und wo hielten sie sich jetzt auf? Einmal mehr blieben die Reisenden ohne eine Antwort. Sie wollten nicht länger warten, sondern diesen Spuren nachgehen.

Die Verwandlung

Nicht weit von ihnen grenzte nördlich ein weiterer Wald an Lieto. Dieser war sehr dicht bewachsen und ließ kaum Sonnenlicht hinein. Der Wald wurde auch *Wald der dunklen Gestalten* genannt, da sich dort alles im Schatten der Sonne fortbewegte. Die Wolfsspuren führten geradewegs dorthin.

Der Wolf und das furchtlose Mädchen betraten schließlich diesen Wald. Und während sie durch die düstere Gegend liefen, fühlte sich das Mädchen von Minute zu Minute anders als sonst. Es war als würde sie eine innere und äußere Veränderung erfahren, doch sie wollte Fredàr nicht beunruhigen und lief, so gut es ging, weiter. Ihr geschärfter Blick erlaubte es jetzt problemlos durch die Dunkelheit zu gelangen.

In der Ferne war das Rauschen der wilden Corrente zu hören und Fredàr schlug vor, sich in ihrer Nähe fort zu bewegen, da er sich hier in der Gegend etwas auszukennen schien. Der reißende Fluss lag etwa drei Meter tief unterhalb des Abgrunds und auch jetzt hielt Fredàr ehrfürchtig Abstand zum Wasser.

Die Nacht brach ein. Dies stellte jedoch kaum einen Unterschied zur alltäglichen Lichtsituation innerhalb des Waldes dar. Als die Reisenden schon eine ganze Weile gelaufen waren, witterten sie plötzlich etwas. Eine Gestalt huschte durch die Büsche und versteckte sich hinter einem Baum.

»Du bist es!«, sagte eine Stimme, deren dazugehörige Gestalt sich sogleich auch zeigte. Es war eine ausgewachsene, anmutige Wölfin, deren dickes Fell schneeweiß war. »Rikka«, rief der grau-weiße Wolf überrascht. »Schön dich wiederzusehen. Ich habe in letzter Zeit einiges von dir gehört. Du sollst jede Menge gute Taten für die Tiere und die Menschen getan haben«. Rikka schuttelte den Kopf. »An die Anzahl deiner guten Taten komme ich bei Weitem nicht heran«, antwortete sie. Dann richtete sie ihren Blick auf das kleine Mädchen mit dem langen Zopf. »Und wer bist du?«, fragte sie. »Ich bin die Reisegefährtin von Fredàr und komme aus Sandor«, antwortete das Kind. Sie konnte die weiße Wölfin auf Anhieb gut leiden. Ihr Charakter ähnelte sehr stark dem Fredàrs. Sie hatte ein gutes Herz. Außerdem gefielen ihr der anmutige grazile Gang und das schöne weiße Fell. Die Trägerin des Amuletts war aber vorsichtig mit dem was sie sagte, denn sie wollte um keinen Preis ihren Auftrag gefährden. Auch Fredàr hielt sich zurück. Obwohl er der weißen Wölfin voll und ganz vertraute, sprach auch er nicht über ihren Auftrag, denn es war ja nicht ausgeschlossen, dass man sie vielleicht gefangen nehmen und die Informationen von ihr erzwingen könnte. Doch Rikka spürte, dass ihr die Reisenden etwas verschwiegen. Sie hatten es zum Beispiel versäumt ihr zu erzählen, warum sie sich in dieser düsteren Gegend aufhielten. Aber bevor sie dies ansprechen konnte, nahmen sie eine neue Witterung auf. »Es nähert sich jemand«, sagte die weiße Wölfin leise. »Damit ihr euren Weg fortsetzen könnt, werde ich euch helfen und versuchen die heranschleichenden Gestalten abzulenken«. Rikka dachte in erster Linie an das Kind, das es zu beschützen galt. »Schnell, lauft los, wir werden uns wiedersehen«, flüsterte sie ihnen noch zu, und schlug eine andere Richtung ein, bis die Dunkelheit des Waldes sie wieder verschluckte.

Fredàr und das Mädchen rannten los, immer am Fluss Corrente entlang. Währenddessen spürte die Trägerin des Amuletts erneut, wie etwas Ungewöhnliches mit ihr passierte, doch sie hatte keine Zeit sich damit zu befassen. Ganz in ihrer Nähe waren schaurige Geräusche zu hören und zwar direkt vor ihnen. Der Wolf und das Mädchen stoppten sofort, um nach rechts auszuweichen. Doch sowohl hier als auch hinter ihnen vernahmen sie diese Geräusche, welche sich nun unaufhaltsam näherten.

Sie standen nun eingekreist von etwas Unbekanntem, mit dem Rücken zum Abgrund. Unter ihnen schoss das Wasser tobend an ihnen vorbei. Weglaufen war nicht mehr möglich. Das Mädchen konnte ohnehin ihre Bewegungen nicht mehr richtig kontrollieren. Fredàr stellte sich schützend vor das Kind. Sein gesträubtes Fell zeigte Angriffsbereitschaft. Zähnefletschend und mit grimmiger Miene knurrte er in die Dunkelheit.

Im nächsten Augenblick aber fing der Amulettstein auf der Brust des Mädchens an sehr stark zu funkeln. Im Umkreis von einigen Metern wurde es lichtehell. Das Mädchen ergriff das Amulett und presste es mit aller Kraft zwischen ihren Händen zusammen. Die vom Stein ausgehenden Lichtstrahlen wurden immer stärker, brachen durch ihre Finger hindurch und blitzten bis tief in den dunklen Wald hinein. Gleichzeitig hob sie ihren Kopf gen Himmel und stieß aus Leibeskräften einen ohrenbetäubend lauten und langen Schrei aus, so dass die Erde zu beben begann.

In diesem Moment begann sich die Trägerin des Amuletts zu verändern. Aus der Haut trat Haar für Haar ein graues Fell hervor, während der lange dunkle Haarzopf in ihr verschwand. Glieder bildeten sich um. Ein klaffender Rachen kam zum Vorschein und formte sich zu einem Gesicht, dem Gesicht einer jungen Wölfin. Der menschliche Schrei des Mädchens hatte sich in ein lautes Heulen verwandelt. Und plötzlich war alles still. -

Fredàr hatte erstaunt die Verwandlung des Mädchens mit angesehen. Sie lag erschöpft am Boden und schaffte es noch nicht auf ihren vier Pfoten zu stehen. Das Amulett, das um ihren Wolfshals hing, hatte wieder aufgehört zu leuchten. Bevor Fredàr ihr etwas sagen konnte, kamen die Geräusche von allen Seiten wieder näher.

Auf einmal raschelte es ganz dicht laut im Gebüsch, und ein einzelnes Auge funkelte ihn durch die Dunkelheit an. Ein einäugiger schwarzer Wolf trat hervor. »So sehen wir uns also wieder«, sagte der Einäugige. »Und ich dachte du hättest es nicht überlebt. Aber diesmal steckst du in der Falle und diesmal wirst du kein Glück haben, auch deine junge Wölfin nicht!«.

Fredàr schoss schlagartig eine längst vergessene Erinnerung durch den Kopf. Er hatte den schwarzen Wolf wiedererkannt, es war ein alter Bekannter. »Mondragg du Schuft, du wirst diese Wölfin nicht anrühren!«, schrie er ihn an. Wie aus dem Nichts tauchten sechs weitere schwarze Wölfe auf, die zornig mit den Zähnen fletschten.

Fredàr erkannte seine und der Wölfin brikäre Lage. Sie hatten keine Chance gegen dieses blutrünstige Rudel. Sie waren der Kraft von so vielen Wölfen nicht gewachsen, es waren Sieben an der Zahl. Sollte hier die rätselhafte Stimme aus dem Moor in Verbindung mit ihrem

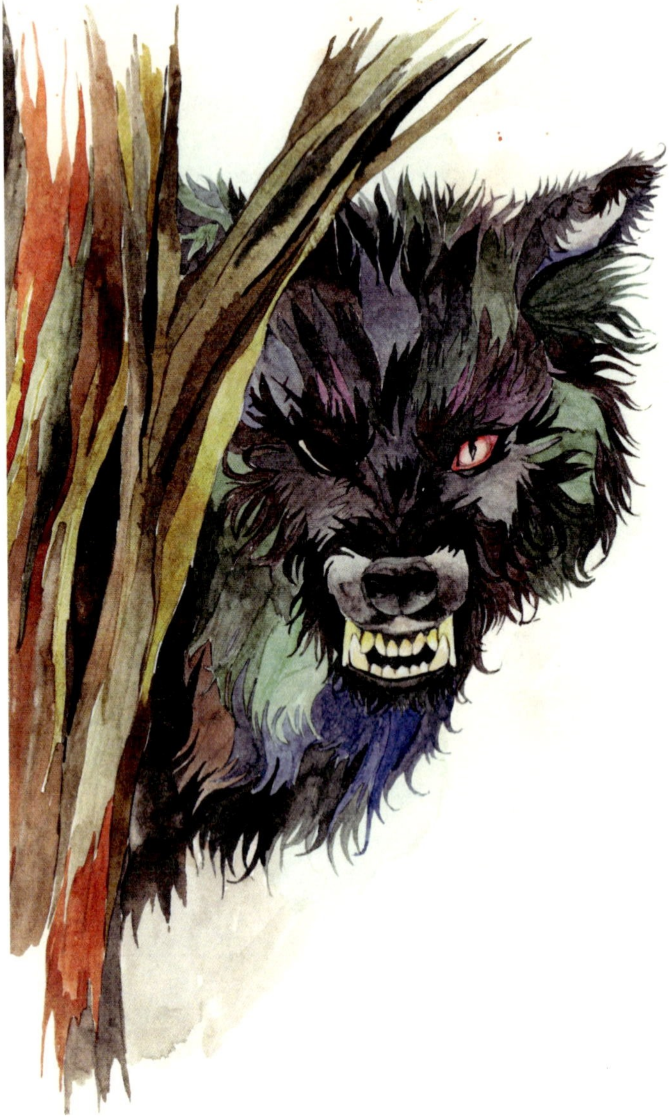

Das Rudel trat langsam auf die Umkreisten zu. Fredàr war kein Feigling, aber seine innere Stimme untersagte ihm einen übereilten Angriff. Er sah nur einen Ausweg. Er drehte sich schnell zur Trägerin des Amuletts um, die sich mittlerweile etwas aufgerappelt hatte und rief ihr instinktiv zu: »Spring, spring!«. Bevor sie reagieren konnte, drückte er sie mit seinem mächtigen Kopf über den Rand des Abgrundes und fiel mit ihr gemeinsam in die strömenden und reißenden Fluten des wilden Flusses Corrente.

III.
Das Geheimnis der verschwundenen Kinder

Gestrandet

Am Horizont ging die Sonne auf und spiegelte sich feuerrot im Wasser eines überaus großen Sees. Boote trieben in den tiefen Gewässern, deren Besatzung mit Netzen die Fische zu fangen versuchte. Es war ein günstiger Zeitpunkt zum Fischen, denn es herrschte ein ruhiger Seegang. Die Stille an diesem noch frühen und dämmrigen Morgen wurde allenfalls durch das leise Summen vereinzelter Insekten gestört.

Ein kleines Mädchen stand am seichten Ufer und versuchte spielerisch durch das Werfen flacher Steine, diese über das Wasser gleiten zu lassen. Durch ihr kurzes dunkles Haar wehte eine sanfte Brise. Ihr Name war Asta und sie lebte in dem kleinen Dorf namens Surma, das sich ganz in der Nähe des Sees befand.

Es war ungewöhnlich für ein Kind sich so früh im Freien aufzuhalten, während die anderen Kinder noch schliefen. Vielleicht wurde sie von den ersten Sonnenstrahlen des Tages geweckt, die in ihr Zimmer fielen. Sie liebte wohl die Sonnenaufgänge, welche sie hautnah miterleben wollte.

Asta lief das Ufer entlang und erfreute sich dabei jede Minute an den Lichtreflektionen. Das Schimmern auf der Wasseroberfläche war ein bezauberndes Schauspiel.

Einige hundert Meter weiter mündete der wilde Fluss Corrente in den See, der sich zu seinem Ende hin beruhigte.

Aus der Ferne sah Asta etwas Graues am Ufer liegen. Sie lief direkt darauf zu und erkannte bald eine junge Wölfin, die nass und bewusstlos am Boden lag. Sie sah an ihrem Hals einen Stein funkeln. Es war die Trägerin des Amuletts. Asta liebte die Tiere und machte sich große Sorgen. Sie hatte keine Scheu und fühlte ihren Puls. Sie lebte noch. Sie zog ihre Weste aus und wickelte die junge Wölfin darin ein. Dann rannte sie so schnell sie nur konnte in ihr Dorf zurück und holte einen kleinen Holzkarren, der normalerweise für den Transport von Brennholz genutzt wurde. Asta legte die Wölfin dort hinein und zog den Karren mit aller Kraft nach Surma zurück.

Das Dorf bestand aus vielen kleinen Hütten, welche aus Lehm und Stroh gebaut waren. Bevor jemand etwas bemerken konnte, schob sie den Holzkarren in die Scheune. Denn ihre Eltern sollten nichts von diesem Ereignis erfahren. Sie legte das Tier in das dort aufgeschüttete Stroh und rieb es gleichzeitig damit trocken. Die Wölfin war stark unterkühlt und entwickelte jetzt hohes Fieber. - Ab und an wachte sie kurzzeitig auf, sodass Asta sie füttern und ihr etwas Wasser zum trinken geben konnte. So kümmerte sie sich beinahe rund um die Uhr um das kranke Tier.

Einmal wachte die Wölfin auf und sprach im Fieber von einem grau-weißen Wolf. »Wo bist du Fredàr, wo bist du?«, fragte sie aufgeregt und schlief wieder erschöpft ein. Asta machte sich Gedanken. Wer war dieser Wolf namens Fredàr und wo steckte er?

Das Rätsel

Weit weg, südlich von Surma, befand sich eine alte verlassene Stadt namens Tucuman, die einst von der Corrente überflutet wurde. Die Häuser der Stadt, in welchen vor langer Zeit Menschen gelebt hatten, waren nur noch Ruinen, die jetzt noch im Wasser standen.
Im Zentrum von Tucuman befand sich eine alte Klosterruine. Das Bauwerk sah sehr verwittert aus. Das Dach fehlte ganz. In einer Ecke dieser Ruine befand sich Fredàr, der noch etwas benommen von der wilden Wasserfahrt wackelig auf seinen Beinen stand. Das Wasser reichte ihm bis zu den Knien.
Die Nässe war ihm äußerst unangenehm und er suchte nach einem Ausgang. Es gab allerdings nur ein Gittertor welches in die Freiheit führte. Doch das war verschlossen. Er versuchte mit aller Gewalt das Schloss zu öffnen, hatte jedoch keinen Erfolg.
Plötzlich tauchten Luftblasen auf, die sich nach und nach von draußen durch das Gittertor nach innen im Wasser fortbewegten, aufstiegen und schließlich an der Oberfläche zerplatzten. Ein Otter tauchte auf, der mit seinem schmalen Körper unter dem Tor hindurch geschwommen war. Er war das einzige Lebewesen, welches diese Stadt noch bewohnte. »Guten Tag«, sagte das Wassertier zum Wolf. Fredàr war in diesem Moment erleichtert. »Gut, dass du da bist! Bitte helfe mir das Tor zu öffnen«, sagte er. »Ich muss meine Weggefährtin finden. Ich mache mir große Sorgen um sie«. Der Otter fing an zu grinsen. »Du willst doch nicht etwa jetzt schon gehen?«, fragte er. »Ich bin froh darüber, dass du mir Gesellschaft leistest. Ich langweile mich nämlich sehr. Nein nein, ich lass dich nicht gehen!« Fredàr konnte es nicht glauben, der Otter hatte ihn allem Anschein nach, während er bewusstlos war, in diese Ruine gezogen und eingesperrt. Er versuchte dem Otter klar zu machen, dass er für ein Leben im Wasser nicht geschaffen ist und er Wasser weitestgehend sowieso meide. Doch das Wassertier grinste ihn nur noch breiter an.
Wütend rannte Fredàr auf den Otter zu und versuchte ihn zu packen.

Doch der konnte sich gerade noch rechtzeitig nach draußen retten. Der Otter stand vor dem Eingangstor, senkte seinen Blick zum Wasser und erhob dabei drohend seine Krallen. »Pass gefälligst besser auf«, schien der Otter mit seinem Spiegelbild zu schimpfen. »Warum gehst du auch so nah heran?« Dann drehte er sich wieder zu Fredàr um. »Ich mache dir einen Vorschlag Wolf. Ich stelle dir ein Rätsel. Löst du dieses Rätsel, so bist du frei und kannst gehen wohin du willst. Liegst du jedoch falsch, musst du für immer hier bleiben und mir Gesellschaft leisten«. Dies gefiel dem grau-weißen Wolf ganz und gar nicht. Es war riskant. Doch er hatte keine Wahl und willigte nach langem Zögern schließlich ein. »Einverstanden«, sagte er.

Der Otter blickte sich nach allen Seiten um, als schien er sich vergewissern zu wollen, dass auch niemand lauschte und trug ihm schließlich sein Rätsel auf: »Sag mir Wolf, was ist das? Es ist lautlos, es hört nicht auf zu wachsen und irgendwann macht es dich verrückt? Überlege gut, ich werde morgen wiederkommen und deine Antwort erwarten«. Daraufhin tauchte der Otter wieder unter. »Warte!«, rief Fredàr, doch er war schon auf und davon.

Fredàr war unruhig vor Sorge um die junge Wölfin. Er suchte sich einen halbwegs trockenen Platz auf höher gelegenen Trümmersteinen des Mauerwerks und versuchte sich zu konzentrieren. Er musste das Rätsel unbedingt lösen. Er grübelte eine ganze Weile vor sich hin. Normalerweise konnte er am besten denken, wenn er auf und abging, doch das Wasser schreckte ihn ab. Aber es dauerte auch nicht lange, da hatte er eine Lösung parat. »Das kann nur eine Pflanze sein«, schlussfolgerte Fredàr und dachte gleich an den Feuertränenbaum. Der Feuertränenbaum macht keine Geräusche, hört sein ganzes Leben lang nicht auf zu wachsen und isst man seine tränengeformten feuerroten Früchte, wird man seiner Sinne beraubt. Fredàr war sich sicher die richtige Antwort gefunden zu haben. Er musste jetzt nur noch auf den nächsten Morgen warten, um dem Otter sein Lösungswort mitzuteilen.

Das Erwachen

Währenddessen begann sich in Surma der Zustand der Wölfin noch im Laufe des Tages stark zu verbessern. Vielleicht lag dies auch an der Kraft des funkelnden Amulett-Steins, die die Heilung des Körpers positiv zu beeinflussen schien.

Am nächsten Morgen war ihr Fieber verschwunden und sie wachte schließlich auf. Neben ihr lag Asta, die sich in der Nacht aus der Hütte ihrer Eltern geschlichen und sich zum Schlafen neben sie ins Stroh gelegt hatte. Auch sie öffnete nun ihre Augen und war erfreut die Wölfin so gekräftigt zu sehen. »Guten Morgen«, sagte sie noch müde zu ihr. »Ich bin Asta und habe dich gestern bewusstlos am Seeufer gefunden. Du befindest dich in meinem Dorf. Ich bin froh, dass es dir besser geht«.

Die Wölfin richtete sich langsam auf. »Vielen Dank für deine Hilfe Asta«, sagte sie. »Du hast mir das Leben gerettet. Das werde ich dir nie vergessen«. Dann sah sie vor sich ihren Reisebeutel liegen. »Wie kommt mein Hab und Gut hierher?«, fragte sie. Asta schob ihr eine Schüssel Wasser zum trinken hin. »Gestern, als die Sonne hoch am Himmel stand, kam eine weiße Wölfin hier in die Scheune«, antwortete sie. »Sie hatte weit entfernt von hier deinen Reisebeutel und Kleidung eines Kindes an einem Abgrund gefunden. Anhand deiner Spuren fand sie heraus, dass du in den Fluss gestürzt sein musstest. Sie folgte der Strömung des Flusses bis zum nächstgelegenen Dorf, meinem Dorf Surma. Hier setzte sie ihre Suche fort und tatsächlich, obwohl sie überaus große Schwierigkeiten hatte dich anhand des Beutelgeruchs ausfindig zu machen, schaffte sie es dennoch. Sie hat mir viel über Wölfe erzählt und mir gezeigt was ich tun muss, um dich gesund zu pflegen. Daher solltest du in erster Linie ihr danken. Sie sah äußerst überrascht aus als sie dich hier erblickte. Es sah aus, als hätte sie jemand ganz anderes erwartet, kannst du dir das erklären?«

Die Trägerin des Amuletts blickte jedoch wortlos in die vor ihr stehende Wasserschale. Sie erkannte das Spiegelbild ihres neuen

Gesichtes, das Gesicht einer jungen Wölfin. Sie hatte es bereits in den letzten Tagen gefühlt, die Veränderungen die in ihr vorgingen. So nahm sie ihr Schicksal doch sehr gelassen an. Die Verwandlung schien ihr durchaus zu gefallen. Immerhin hatte sie sich diese Veränderung vor nicht all zu langer Zeit gewünscht. Zum ersten Mal fühlte sie als wahrhaftiger Wolf.

Kurz darauf kehrten ihre Erinnerungen der letzten Tage zurück und sie musste sogleich an Fredàr denken, dessen Schicksal nach dem Sprung in die Corrente ungewiss war. Vielleicht wußte Rikka etwas über seinen Verbleib. »Wo ist Rikka, die weiße Wölfin jetzt?«, fragte die Trägerin des Amuletts. Asta hatte der weißen Wölfin erzählt, dass sie im Fieber von Fredàr gesprochen hatte. »Sie wollte sich auf den Weg machen und Fredàr suchen«, antwortete sie.

Die junge Wölfin dachte nun auch plötzlich wieder an die verschwundenen Kinder und schreckte auf. »Ich muss mich sofort wieder auf den Weg machen! Ich habe noch etwas sehr Wichtiges zu erledigen«.

Asta füllte ihren Beutel mit etwas Proviant für die Reise. Die Wölfin war nun ganz auf sich gestellt. Sie musste alleine versuchen die Kinder zu finden. Für Fredàr war Hilfe unterwegs. Sie packte sich den Reisebeutel mit ihrem Maul und lief los, das erste Mal in ihrem Leben als Wolf. Und sie lief schneller als sie es jemals zuvor getan hatte.

Erste Zweifel

Zur selben Zeit tauchte an der Klosterruine von Tucuman wieder der Otter am Eingangstor auf und spritzte den Wolf, der nur wenig Schlaf in dieser Nässe finden konnte, wach. »Hör auf damit!«, rief Fredàr. »Ich bin wach«. Der Otter traute sich neugierig näher an das Gitter heran. »Also?«, fragte er. »Es ist lautlos, es hört nicht auf zu wachsen und irgendwann macht es dich verrückt. Was ist des Rätsels Lösung?« Stolz mit erhobenem Haupt, trat Fredàr durch das Wasser an das Gittertor heran und sagte überzeugt: »Der Feuerträenbaum!« Nach einem kurzen Moment drehte der Otter seinen Kopf zur Seite und kicherte zusammen mit seinem Spiegelbild im Wasser um die Wette. »Das ist leider nicht richtig«, sagte er erst ganz ernst und fing dann gleich wieder an zu kichern. »Du wirst es sicher niemals erraten, aber ich will dir eine zweite Chance geben Wolf«, sagte das Wassertier und schmunzelte hämisch. »Ich komme morgen wieder«, fügte er hinzu und verschwand im Wasser.

Fredàr hegte zum ersten Mal in seinem Leben Zweifel an sich. Er wusste nicht was er tun sollte. Mit seinem mächtigen Kopf rannte er wütend auf das Gittertor zu, um es aus seinen Angeln zu sprengen. Doch es hielt seiner Kraft stand. Durch den harten Kopfstoß war Fredàr etwas benommen. Er schüttelte seinen Kopf. Nachdem er wieder einen klaren Gedanken fassen konnte, lief er enttäuscht zu seinem nahezu trockenen Platz zurück. Er versuchte sich zu konzentrieren. Stundenlang grübelte er. Diesmal wollte er nicht leichtfertig antworten. »Es ist lautlos, es hört nicht auf zu wachsen und irgendwann macht es dich verrückt«, fing der Wolf jetzt schon wie der Otter mit sich selbst zu reden an. »Vielleicht ist es ja ein Tier?«, meinte er. »Die grüne Stachelfliege!«, rief er plötzlich. »Sie bewegt sich lautlos durch die Luft. Ihren Stachel kann sie so oft verlieren wie sie möchte, denn er wächst ihr das ganze Leben lang nach und wenn sie zusticht, verliert man den Verstand. Die grüne Stachelfliege«. Fredàr war nicht sicher, aber es klang logisch. Nochmals überdachte er alles, aber es schien keine andere Antwort zu geben. Er musste nun wieder auf den nächsten Tag warten. Seine Sorge um die verschwundenen Kinder von Lieto und die Trägerin des Amuletts war so groß, dass er selbst das Wasser um sich herum, und seinen Hunger vergaß.

Durch das Labyrinth

Die junge Wölfin hatte inzwischen wieder den Wald der dunklen Gestalten erreicht. Die Spuren, die sie mit Fredàr vor einigen Tagen gefunden hatte, und ihr Gefühl sagten ihr, dass sie hier durch musste, um die Kinder zu finden. Sie hatte wie immer keine Angst, wäre aber trotzdem gerne mit Fredàr an ihrer Seite durch diesen Schauerwald gelaufen. Aber warum sollte sie nicht auch ohne ihn den Auftrag erledigen können? Ihre neue Gestalt bot viele Vorteile, von denen sie als Mensch immer nur träumen konnte. Durch die Verwandlung zur Wölfin hatte sie ihre Höchstform erreicht. Sie war schnell wie der Wind, konnte im Dunkeln perfekt sehen, spürte mit ihrer Schnauze jedes Lebewesen auf, und mit ihren Pfoten konnte sie fast lautlos über den Boden gleiten. Außerdem konnte sie selbst nicht mehr so schnell gewittert werden. Zu leicht hätten es die schwarzen Wölfe, wenn sie jetzt noch ein Mensch wäre. Ihren intensiven Menschengeruch hatte sie nun abgelegt. Selbst Rikka hatte große Schwierigkeiten gehabt, sie anhand ihres neuen Geruches über diese große Entfernung ausfindig zu machen. Nur ihr überlegener Verstand führte sie schließlich nach Surma in die Scheune.

Die Trägerin des Amuletts beschloss nun sich in das Zentrum des Waldes zu wagen. Sie merkte, dass die Pfade immer labyrinthartiger wurden, je tiefer sie in den Wald hineinlief. Irgendwer wollte anscheinend keine ungebetenen Gäste haben, dachte sie. Die Pflanzen in diesem Wald ragten über ihren Kopf hinweg, so dass sie sich nicht orientieren konnte. An der Sonne konnte sie sich ebenfalls nicht orientieren, da sie nicht bis zu ihr vordringen konnte. Wie sollte sie jemals wieder aus dem Wald zurück finden?

Plötzlich hatte die Wölfin eine Idee. Sie holte das Kissen ihres Vaters aus dem Reisebeutel und biss eine Ecke ab. Dadurch konnten die Samenkörner herausfallen. So lief sie durch die sich verzweigenden Irrwege und ließ immer ein paar Tomatensamen auf dem Weg zurück, um später mit ihrer Hilfe wieder zurück zu finden. Es war ein riesiger

Wald und sie lief noch Stunden lang durch das Geäst. Manchmal kam es ihr vor, als ob sie bestimmte Wege schon einmal betreten hatte. Doch da sie keine Samenkörner vorfand, wusste sie, dass sie nicht im Kreis gelaufen war.

Der Tag ging langsam zu Ende. Aber sie beschloss die Nacht durchzulaufen und keinen Schlaf zu nehmen.

Was kann es bloß sein?

Fredàr hatte die ganze Nacht wegen eines Regenschauers nicht geschlafen und wartete nun übernächtigt und hungrig auf den Otter. Dieser ließ sich auch an diesem Morgen blicken. Er grinste wieder und konnte es nicht mehr erwarten ihm erneut die rätselhafte Frage zu stellen: »Nun Wolf, was ist das? Es ist lautlos, es hört nicht auf zu wachsen und irgendwann macht es dich verrückt? Wie lautet deine Antwort?« Unsicher trat Fredár wieder zum Gittertor vor und formulierte seine Antwort als Frage: »Die grüne Stachelfliege?« Der Otter schaute ihm ohne eine Miene zu verziehen ins Gesicht. Aber eine Sekunde später brüllte er jedoch vor Lachen und sah wieder in sein Spiegelbild im Wasser, das mit ihm lachte. »Die grüne Stachelfliege? Nein nein, auch diesmal liegst du falsch Wolf«, sagte der Otter schadenfroh. »Aber ich will nicht so sein und dir noch eine dritte und letzte Chance geben. Morgen werde ich wieder kommen und dann wird sich entscheiden, ob du zum Wassertier wirst oder nicht«. So schnell wie er gekommen war, so schnell verschwand der Otter auch wieder.

Fredàr sank niedergeschlagen zu Boden. Er wusste nicht weiter. Ihm fiel einfach nichts ein. Er war so durcheinander, dass er Selbstgespräche zu führen begann. Er schien noch verrückt zu werden in diesem Wassergefängnis. Noch einmal versuchte er sich zu konzentrieren, aber es wollte ihm des Rätsels Lösung nicht einfallen. Todmüde schlief er schließlich in der Ruine ein.

Vor den Toren

Die Trägerin des Amuletts hatte am nächsten Morgen das Zentrum des Waldes erreicht und auch ihre letzten Samenkörner verteilt. Da es die ganze Nacht hindurch geregnet hatte, war sie klitschnass. Doch im Gegensatz zu Fredàr störte sie dies wenig.

Vor ihr lag eine Lichtung, auf welcher sich ein in die Jahre gekommenes altes Schloss befand. Es hatte fünf Türme, von denen der größte in der Mitte stand. Das Schloss, das den Namen Siggar trug, war vor langer Zeit von Menschen bewohnt worden. Nachdem sich jedoch eigenartige Dinge in Siggar zugetragen hatten, verließen nach und nach die Menschen diesen Ort. Über die Zeit war der große Schlossgarten von Pflanzen wild überwuchert worden. Normalerweise müsste das Anwesen unbewohnt sein, aber die Trägerin des Amuletts entdeckte hier und da schwarze Wölfe, die um das Schloss umherstreiften. Das mussten Mondraggs Gehilfen sein, die hier anscheinend zahlreich lebten. Irgendwo musste sich auch ihr Anführer aufhalten.

Die junge Wölfin fasste den Entschluss in das Innere des Schlosses zu gelangen, um Antworten auf ihre Fragen zu erhalten. Mit leisen Pfoten wagte sie sich schließlich vor. Sobald die Wölfe aus ihrem Blickfeld waren, huschte sie immer von Gebüsch zu Gebüsch und kam so Stück für Stück dem Schloss etwas näher. Auch wenn sie nun wie ein Wolf roch, wartete sie instinktiv ab, bis sich der Wind in ihre Richtung drehte. So lief sie immer nur gegen die Windrichtung, um nicht von den Wölfen gewittert zu werden. Der Regen hatte auch sein Gutes, denn er schwächte Gerüche und lenkte mit seiner Geräuschkulisse von den Laufgeräuschen der Wölfin ab. Außerdem vertrieb er wasserscheue Wölfe. Dennoch kam die Trägerin des Amuletts nur sehr langsam voran. Zu groß war die Gefahr entdeckt zu werden. Sie musste teilweise Stunden lang in einem Versteck ausharren, bis die Luft wieder rein war. Es wurde langsam dunkel und sie hoffte dadurch bis zum Anbruch des nächsten Tages schneller zum Schloss vordringen zu können.

Des Rätsels Lösung

In Tucuman regnete es am nächsten Morgen immer noch. Da die Klosterruine kein Dach mehr hatte, blieb Fredàrs Fell völlig durchnässt. Trotzdem hatte er vor Erschöpfung die ganze Nacht durchgeschlafen. Er wurde wieder unsanft vom Otter geweckt. Fredàr schaute ihn nur stillschweigend an. Das Wassertier war so gut gelaunt wie nie zuvor. »Heute ist der Tag der Entscheidung«, sagte es. Mal sehen ob du wieder frei kommst. Sag schon, was ist die Antwort auf das Rätsel?«, fragte der Otter hektisch. »Es ist lautlos, es hört nicht auf zu wachsen und irgendwann macht es dich verrückt? Sag schon, sag schon, was ist deine Antwort?«

Was musste der Otter alles durchgemacht haben, dass er sich so verhielt, fragte sich der Wolf. Fredàr hatte schon fast Mitleid mit dem Otter. Vielleicht hatte er durch die Überschwemmung der Stadt seine Familie und all seine Freunde verloren und lebte so seit vielen Jahren einsam vor sich hin?

Schlagartig riss Fredàr seine Augen auf. Das war es! Er stand sofort auf und watete langsam durch das Wasser zum Gittertor, vor dem sich der Otter mit seinem Spiegelbild lachend amüsierte. »Die Einsamkeit!«, sagte Fredàr plötzlich zum Wassertier. Noch kichernd wendete sich der Otter zum Wolf um und fragte noch einmal nach: »Was sagtest du?«. »Das Lösungswort ist Einsamkeit«, antwortete Fredàr erneut. Mit einem Male hatte sich das hämische Lachen des Otters schlagartig in einen entsetzten Gesichtsausdruck verwandelt. »Die Einsamkeit kann man nicht hören«, erklärte Fredàr. »Sie wächst immer weiter, je länger man alleine lebt und irgendwann redest du nur noch wirres Zeug, wirst verrückt. - Die Einsamkeit«.

Der Otter platzte fast vor Wut. »Wer hat dir das verraten?«, fragte er, obwohl er wusste, dass hier kein anderes Lebewesen wohnte. »Ist mir egal«, sagte er beleidigt. »Du bleibst trotzdem hier bei mir«.

»Das wird er nicht«, erklang unerwartet eine Stimme hinter ihm. Es war die weiße Wölfin Rikka, die Fredàr endlich gefunden hatte.

»Du öffnest sofort das Gittertor, so wie du es versprochen hast«. Der Otter bekam es mit der Angst zu tun. Er war nun selbst gefangen. Auf jeder Seite des Gittertors stand ein wütender Wolf. Daraufhin zückte er einen großen Schlüssel, öffnete das schwere Schloss und suchte so schnell wie möglich das Weite.

Fredàr war überglücklich. Er fühlte sich fast eingerostet und war froh endlich wieder lange Strecken laufen zu können. Gemeinsam eilten sie sofort aus der Wasserstadt, bis sie wieder trockenes Land erreichten. Sie hatten Glück, dass auch der Regen stoppte. Fredàr war ausgezerrt und aß erst einmal etwas. Währenddessen erzählte ihm die weiße Wölfin von der Trägerin des Amuletts, die bereits gesundet und ihrem starken Willen nach wieder unterwegs sein musste. Dies beruhigte den Wolf nicht gerade. Er spürte, dass sie den *Wald der dunklen Gestalten* erneut aufsuchen würde, auch ohne seine Hilfe. Deshalb aß er schnell zu Ende. Der *Wald der dunklen Gestalten* war nämlich sehr weit entfernt, so dass er und Rikka keine Zeit verlieren durften. Sie brachen sofort auf.

Drei Wasserläufer liefen gerade in einem kleinen Tümpel über die Wasseroberfläche, als die zwei Wölfe an ihnen vorbeikamen. Einer von ihnen erkannte Fredàr und prallte abgelenkt auf die beiden anderen. »Was soll das?«, fragten sie ihn, welcher daraufhin aufgeregt zu erzählen begann: »Das war Fredàr der grau-weiße Wolf! Fredàr hütete einst die Schafe eines Hirten und er wusste ganz genau, wie man Schafe am besten im Zaum halten musste. Überhaupt war er sehr gut in dem was er tat. Es geschah, dass man ihn von überall her um seine Hilfe bat. Er löste die unterschiedlichsten Probleme. Ein schwarzer Vogel versorgte ihn immer mit den nötigen Informationen, so dass er die bestehenden Probleme der Tiere und Menschen angehen und beheben konnte. Dies wurde zu seinem Lebensinhalt. Ihr wisst aber auch gar nichts! Dies alles wusste ich schon, bevor ich auf dem Wasser laufen konnte«.

Ein Käfer, der zufällig am Ufer an den Wasserläufern vorbeieilte, hatte das Gespräch mitangehört. »Wolf Fredàr soll früher aber ganz anders gewesen sein«, sagte er. »Wie, das weiß keiner, noch nicht einmal er selbst. Ein Geheimnis umgibt ihn. Das er so ist wie er jetzt ist, hat angeblich mit einem anderen Wolf zu tun, mit einem einäugigen schwarzen Wolf«.

Siggar und der fünfte Turm

Die Trägerin des Amuletts hatte es tatsächlich noch bis zum Tagesanbruch geschafft das Schloss Siggar zu erreichen. Sie stand hinter einem Gebüsch, direkt vor dem riesigen Eingang. Die mächtigen Tore standen offen und das eiserne Fallgatter war hochgezogen. Sie konnte direkt in diese Kleinstadt hineinschauen, die einst wunderschön und belebt gewesen sein musste. Ab hier gab es nun keine schützenden Buschverstecke mehr. Sie musste nun äußerst vorsichtig sein. Da es geregnet hatte, hielten sich wohl sehr viele schwarze Wölfe in den Behausungen auf. Und weil die Wölfe offensichtlich noch schliefen, lief sie vorsichtig durch die kleinen Gassen des Schlosses. Sie hatte keine Ahnung wohin sie gehen sollte.

Überall standen die Türen offen, hinter welchen einst Menschen gelebt hatten. Vorsichtig riskierte die Wölfin einen Blick in einen der Räume. Sie beobachte zahlreiche Wölfe, welche tatsächlich dicht an dicht schliefen. Das gleiche Bild fand sie auch hinter den anderen Türen.

Leise schlich sie weiter und gelangte schließlich auf den zentralgelegenen Marktplatz, an dem früher mal reges Treiben geherrscht haben musste. Der Platz war wie ausgestorben. Weit und breit war niemand zusehen, ganz zu schweigen von den Kindern. Die Trägerin des Amuletts war ratlos. Wo sollte sie die Kinder jetzt noch suchen?

In der Mitte des Marktplatzes stand ein Brunnen. Ungewöhnlich war, dass der Brunnen und der Bereich davor, drumherum schwarz gefärbt waren. Auf dem Boden lag die Bekleidung von Menschen wild umher. Sie war neugierig geworden und wollte sich das Ganze mal aus der Nähe betrachten.

Als sie auf den Brunnen zu lief, fing plötzlich der Stein ihres Amuletts zu leuchten an. Je näher sie an den Brunnen herankam, desto heller wurde der Stein. Außerdem schien es so, als würde sich der Stein von ihr abstoßen wollen. Oder wurde er von dem Brunnen angezogen? Der Wölfin wurde dies zu unheimlich und sie entfernte sich wieder vom Brunnen. Sie beschloss eine andere Richtung einzuschlagen.

Am anderen Ende des Marktplatzes erblickte sie den fünften und größten Turm von Siggar. Auch dort stand wie überall die Tür offen. Sie beschloss den Brunnen weiträumig zu umgehen, um so zu diesem Turm zu gelangen. Vielleicht würde sie ja die Kinder am höchsten Punkt dieses Schlosses finden, dachte sie.

Es war ein riesiger, massiver Turm, in dem eine Wendeltreppe zu den verschiedenen Ebenen führte. An den Wänden waren große Kerzenhalter befestigt. Die Kerzen waren schon vor langer Zeit niedergebrannt. Auch hier roch es stark nach Wölfen.

Mutig lief die Trägerin des Amuletts die Stufen hinauf, bis es nicht mehr weiter ging. Sie stand vor einer massiven großen Holztür, welche mit dickem Eisen verstärkt war. Die Tür war angelehnt. Vorsichtig begann sie mit aller Kraft die schwere Tür mit ihrem Kopf aufzustoßen. Diese setzte sich in Bewegung. Noch während sich die Tür langsam und selbstständig öffnete, betrat sie den dahinter liegenden Raum. Es war niemand zu sehen und auch hier roch es nach Wolf. Dieser riesige Raum war einst die Bibliothek von Siggar gewesen. Das Zimmer war rundherum mit Regalen bestückt, die Tausende von Büchern trugen. Überall lagen auf dem Boden Bücher wild umher. In der Mitte des Raumes stand ein alter Schreibtisch, welcher wüst von zahlreichen Exemplaren bedeckt war.

Mit einem lauten Knarren stoppte plötzlich die gewaltige Holztür plötzlich. Erschrocken blickte sich die Wölfin um, während sie wie erstarrt ihre Ohren lauschend nach allen Seiten umherkreisen ließ. Hatte sie nun die Wölfe aus ihrem Schlaf gerissen? - Alles blieb still. - Sie war froh, denn sie konnte nichts Verdächtiges hören.

Doch kurz darauf bewegten sich Bücher hinter dem Schreibtisch. »Wer wagt es mich zu wecken?!«, rief eine Stimme erzürnt. Ein riesiger schwarzer Wolfsschädel erhob sich über der Tischplatte. Es war Mondragg, der sich diese Bibliothek als Schlafstätte ausgesucht hatte und nun einäugig in das Gesicht der Amulett-Trägerin starrte. Über sein Gesicht verlief eine markante Narbe, die auf den Verlust seines rechten Auges hinwies. Er war wütend und begann laut zu knurren. Das Maul gab dabei seine großen, spitzen Zähne preis. »Kaum zu von Piuma erhalten sollte, um mögliche Probleme von Mensch und Tier zu beheben. Sie hatte bereits mehrfach ihre Fähigkeiten unter Beweis gestellt und war wie geschaffen für diese verantwortungsvolle Aufgabe.

Doch der Mut und die Hilfsbereitschaft des furchtlosen Mädchens blieben auch nicht unbeachtet. Die Bewohner von Sandor hatten die Wesenseigenschaften des furchtlosen Mädchens erkannt. Es war nun an der Zeit ihr einen Namen zu verleihen. Gemeinsam versuchten sie jetzt einen passenden Namen zu formen. Und es fand sich auch sogleich einer. Die beiden Wölfe, die ihr Leben für sie riskierten, hatten vieles gemeinsam mit ihr. Fredàr war ein mutiger und kräftiger Wolf gewesen, der sich allen Gefahren stellte. Auch die sanfte und weiße Wölfin Rikka bewies viel Mut und löste die Probleme vor allem mit ihrem Verstand. Diese beiden Wölfe waren es, die sich immer selbstlos für die anderen aufopferten. So lag es auf der Hand, dass sich der Name des furchtlosen Mädchens aus deren beider Namen zusammensetzen sollte. Aus der groben Wortverknüpfung Fredàrikka formte man für sie den schönen Namen Federica.

Von diesem Augenblick an waren alle glücklich und zufrieden. Noch am selben Tag wurde ein riesiges Fest abgehalten und man redete von den vielen überlieferten Ereignissen, die sich zugetragen hatten. Und überall sprach man noch lange von dem kleinen furchtlosen Mädchen namens Federica, das mutig in die Welt zog und die Freude der Menschen und der Tiere wieder zurückbrachte.

Nur für den Fantasielosen gibt es hier ein **Ende**, denn die Gedankenflut bleibt wild wie die Corrente.

Wald der dunklen Gestalten

Siggay

Surma

Tucuman

Smaragdwald

Lielo

Schleiermoor

Corrente

Strasse der großen Töne

Armonia   Sandor